어머니를 돌보다

의무, 사랑, 죽음
그리고 양가감정에 대하여

MOTHERCARE

On Obligation, Love, Death,
and Ambivalence

어머니를 돌보다

의무, 사랑, 죽음 그리고 양가감정에 대하여

린 틸먼 지음 | 방진이 옮김

2023년 10월 13일 초판 1쇄 발행
2023년 12월 8일 초판 3쇄 발행

펴낸이 한철희 | **펴낸곳** 돌베개 | **등록** 1979년 8월 25일 제406-2003-000018호
주소 (10881) 경기도 파주시 회동길 77-20 (문발동)
전화 (031) 955-5020 | **팩스** (031) 955-5050
홈페이지 www.dolbegae.co.kr | **전자우편** book@dolbegae.co.kr
블로그 blog.naver.com/imdol79 | **인스타그램** @dolbegae79 | **페이스북** /dolbegae

편집 김진구
표지디자인 김민해 | **본문디자인** 이은정 · 이연경
마케팅 심찬식 · 고운성 · 김영수 · 한광재 | **제작 · 관리** 윤국중 · 이수민 · 한누리
인쇄 · 제본 한영문화사

ISBN 979-11-92836-34-8 (03840)

책값은 뒤표지에 있습니다.

어머니를 돌보다

의무, 사랑, 죽음
그리고 양가감정에 대하여

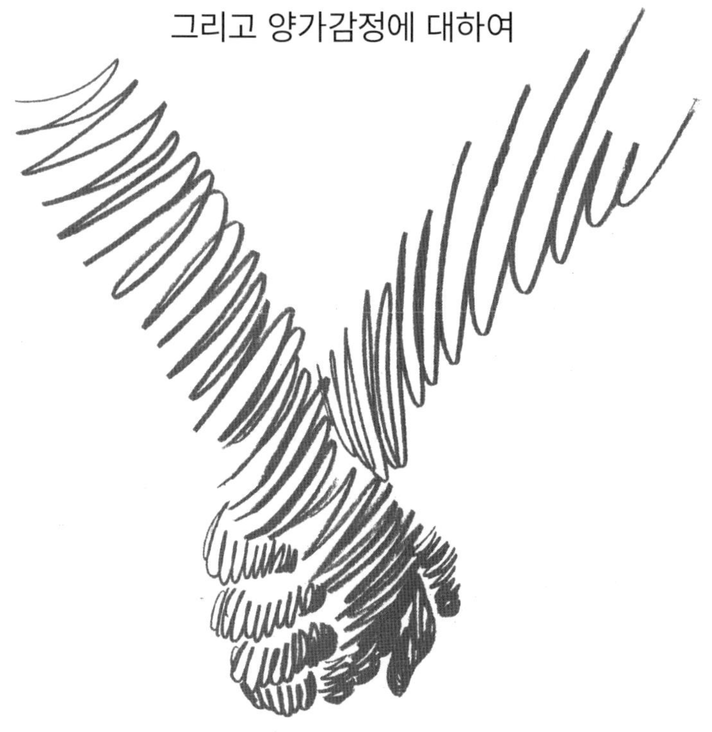

린 틸먼 지음
(Lynne Tillman)
방진이 옮김

돌봄 제공자들에게,

그 일을 유급으로 하는 사람,

무급으로 하는 사람 모두에게

Ducunt volentem fata,
nolentem trahunt.

운명은 순순히 따르는 이에게는 길을 안내하고,
순순히 따르지 않는 이는 억지로 끌고 간다.

일러두기

— 중괄호({ }) 안에 있는 설명은 옮긴이가 단 것이다.

꿈을 이야기에 집어넣던 때가 있었다. 그러다 그 꿈들이 내가 아닌 다른 사람들에게도 의미가 있을 거라는 믿음이 사라졌다. 최근 들어 정리가 안 된 너저분한 집이 꿈에 나타나곤 한다. 어머니는 집을 깔끔하게 관리했다. 모든 물건이 제자리에 있었다. 가구에는 티끌 하나 찾아볼 수 없었고 늘 진공청소기를 돌려 카펫을 청소했으며 마룻바닥은 반질반질 왁스 칠이 되어 있었다. 물건이 어수선하게 널려 있는 곳은 내 방뿐이었다. 나는 모든 것을 완벽하게 정돈하지 않았다. 옷, 책이 널려 있었고, 그런 것이 신경 쓰이지 않았다. 어머니가 내 방을 보기 전까지는 그랬다. 어머니는 뒤죽박죽인 내 옷장 서랍을 보고 분노를 터뜨렸다. 가끔은 서랍을 빼서 내용물을 방바닥에 쏟았다. 그러면 나는 화가 치밀어 올랐다. 너저분한 집 꿈을 꾼다. 정돈되지 않은 생각들처럼 반복된다. 모든 것을 제자리에 돌려놓는 것은 불가능하다.

1994년 말, 어머니가 병을 얻었다. 그로부터 약 11년 동안 어머니는 자신의 세 딸들, 즉 나와 두 언니에게, 그리고 의사들, 간병인들, 간호사들, 물리치료사들, 기타 의료종사자들에게 의지했다. 어머니는 상주 간병인과 함께 맨해튼에 있는 자신의 아파트에서 지냈다. 언니들과 나는 역할을 분담해가며 어머니를 공동으로 돌봤다. 어머니의 의료 문제에 관한 결정을 함께 내리고 어머니가 집에서 편안하게 생활하는 데 필요한 업무를 협력해서 처리했다. 어머니를 살리는 일에 주저함은 없었지만, 맹목적으로 희생하며 이타적으로 그 일을 수행하지는 않았고, 또한 그것은 가혹한 의무이기도 했다. 그 11년은 좌절의 연속이었고 배움의 과정이었으며 이상하게도 깨달음의 시간, 일종의 병적인 깨달음의 시간이었다. 미칠 것 같은, 우울하기 짝이 없는 날들이었다. 그리고 나는 내가 결코 알고 싶지 않았던 것들에 대해 알게 되었다.

병든 부모를 돌보는 성인 자녀에게는 이 이야기가

조금씩 다른 점은 있겠지만 익숙한 이야기일 것이다. 직면한 문제가 같으면서도 다르기 때문이다. 아직 부모를 돌봐야 하는 상황을 겪지 않은 자녀들, 그리고 아마 앞으로도 그럴 상황을 마주할 일이 없을 자녀들, 즉 행운아들에게 이 이야기는 반면교사가 될 수 있을 것이다.

가족마다 다른 이야기를 들려줄 것이고, 이보다 더 이상한 경험을 했을 수도 있다. 언니들은 같은 사건과 관련 사건들에 대해 다른 버전의 이야기를 들려줄 것이다. 모든 사건은 개인의 주관적인 관점에 의해 걸러지기 마련이고, 이것이 회고록과 구술사가 설득력을 얻는 이유이기도 하다. 그런 이야기에서는 화자의 솔직함, 화자가 기억하는 것, 화자의 삶을 이루는 사실들 못지않게 화자를 신뢰할 수 없다는 점, 화자가 지닌 잘못된 정보와 편향도 중요하다.

역설적이게도 나는 한때 이렇게 쓴 바 있다. "경험은 우리에게 경험을 신뢰하지 말라는 교훈을 준다." 그리고 그것은 진리다. 적어도 다른 사람의 경험에 대해서는 의심해볼 필요가 있다. 또한 사람들이 자신의 경험에서 얻은 것들이 항상 본인에게 도움이 되는 것도 아니다.

때로는 어머니를 돌보는 일에 대해 어느 정도 온화한 감정이 들었고, 때로는 절망과 분노를 느꼈다.

내가 쓰는 반면교사의 이야기에서 사람들이 자신의 경험을 엿보거나 다른 사람의 경험과 유사한 점을 발견할 것이라고 예상한다. 그러나 또한 크고 작은 차이점도 많을 것이다. 가장 중요하게는 내러티브의 판관判官이라고 할 수 있는 시점이 다르다. 허구든 실화든 모든 이야기는 화자의 입장을 대변한다.

이것은 전체 그림의 일부, 내가 바라보는 위치에서 들려주는 이야기이므로 아마도 내게 유리하게 서술될 것이다. 물론 나는 내가 그런 경향에 굴복하지 않고 이 글을 쓸 수 있기를 바란다. 내 목표는 당신에게 도움이 되거나 정보를 제공하거나 위로를 건네거나 당신의 마음을 불편하게 만들지도 모르는 이야기를 들려주는 것이다. 내가 이 상황에 대해 말하고자 하는 바는 이것이다. 이 일을 완벽하게 제대로 해내기란 불가능하다.

소피 메릴은 1908년 3월 30일 맨해튼 러들로스트리트에서 태어나 로어이스트사이드의 노퍼크스트리트에서 자랐다. 당시 그녀가 살았던 건물은 여전히 그 자리에 있다.

소피는 도시 소녀였다. 공립학교에서 교육을 잘 받았고 평생 문법적으로 완벽한 영어를 구사했다. 엄격한 영어 수업을 받은, 뉴욕시의 이민 1세대 아이들 중 한 명이었다. 소피는 결코 "너와 내 사이"between you and I〔문법적으로 "between you and me"가 옳은 표현이다〕라고 말하는 법이 없었다. 친구들과 찍은 사진 속에서 소피는 행복해 보이는, 매력과 활력이 넘치는 젊은이였다. 말을 타고 테니스를 치고 해변을 뒹굴었다. 소피는 머리를 길게 길렀고 입가에는 늘 미소가 머물렀다. 인물사진 속 소피는 꼿꼿한 자세를 취하면서 당찬 이미지를 보여준다. 소피 메릴은 언제나 멋쟁이였다. 클로슈〔프랑스어로 '종'을 의미하며, 모자의 모양이 종과 비슷하다고 해서 붙은 이름이다〕 모자를 쓰거나 허리까지 오는 진한 갈색 머리를 풀어서 자연스럽게 흘러내리게 했다.

아버지처럼 어머니는 뉴욕시립대학교의 2년제 야간 과정을 다녔다. 그리고 그곳에서 아버지를 만났다. 그러다 대공황이 바닥을 찍었고, 두 사람은 대학교를 자퇴했다. 아버지는 매일 저녁 여섯 과목을 수강하고 있었다.

부모님은 7년의 연애 기간을 거쳤다. 그사이에 1년 동안은 헤어져서 남남처럼 지냈다. 아버지의 남동생 알은 아버지가 매일 밤 눈물로 베개를 적셨다고 내게 말했다. 아버지의 어머니는 러시아 출신으로 아름답고 미친 여자였는데, 아버지가 어머니와 결혼하지 않기를 바랐다. 아마도 그 누구와도 결혼하지 않기를 바랐는지도. 자녀들 중에 아버지를 가장 아꼈다. 그러나 결국 아버지와 어머니는 결혼해 9년 동안 세 자녀를 낳았다. 언니들은 나보다 나이가 각각 아홉 살, 여섯 살 더 많다. 큰언니는 맨해튼에 살고, 둘째언니는 노스캐롤라이나에 산다. 부모님은 다툼이 잦은, 불화가 많은 커플이었다. 나는 두 사람 사이에 애정이 흐르는 것을 본 적이 거의 없다. 부모님의 결혼은 이혼으로 끝나지는 않았다. 따지고 보면 두 사람은 보수적인 옛날 사람들이었다.

어머니는 영리하고 수완이 좋았고 매력적이었고 눈치가 없었고 경쟁심이 강했고 현실적이었다. 어머니는 요샛말로 장래성이 있는 소녀였다. 만약 다른 시대였다면, 그런 장래성이 실현될 수도 있었을 것이다. 어머니는 글을 쓰고 그림을 그리고 싶어 했지만, 그 대신 결혼을 하고 아이를 낳았다. 어머니는 결혼 전에 잠시 일을 했지만, 부모님의 표현을 빌리자면 아버지가 꽤 괜찮은 수입을 올리게 된 직후에 일을 그만두었다. 1950년대의 미국적인 이상을 실현한 것이다. 경제적으로 능력이 있는 남편과 결혼한 여자들은 자녀와 함께 가정을 지켰다. 즉, 아내와 엄마로 살아가는 것에 만족했다. 어머니는 만족하지 않았고 화가 나 있었다. 그런 점에 있어서는 어머니의 입장이 충분히 이해된다.

전후 시기 많은 미국인이 교외로 이주했다. 부모님도 가족이 살던 브루클린의 편리한 아파트에서 나와 롱아일랜드에 있는 주택으로 이사했다. 주택 설계 일부에 부모님의 의견이 반영된 집이었다. 나는 다섯 살 때부터 그 집에서 살았다. 어머니는 교외로 이사하고 싶지 않았지만 아버지는 아메리칸 드림을 좇기를 고집했다. 교외에서의 삶은, 내 사견으로는, 도시 소녀 소피에게는 악몽이었다. 소피는 빠른 속도, 박물관, 공원, 택시와 지하철(도시 소녀는 운전하기를 좋아하지 않는다), 인도에 익숙했다. 교외에 있는 우리 동네에는 그런 것들이 없었다. 아무것도 없었다. 온통 숲이었고, 숲이 끝나는 곳에는 늪이 있었다.

부모님은 은퇴한 뒤 플로리다로 갔다. 어머니는 결코 그곳에서 살고 싶지 않았다. 이번에도 아버지가 고집을 부렸다. 1984년 남편이 죽고 플로리다에 홀로 남은 어머니는 지루하고 우울했다. 그러나 아버지가 돌아가신 지 약 3년 뒤에 뉴욕 언니의 도움으로 어머니는 맨해튼으로 이사했다. 언니는 어머니를 위해 2번 애비뉴와 23번 스트리트에 있는 훌륭한 아파트를 구했다. 중심가에 있는 편리한 아파트였고, 어머니가 딱히 급히 가야 하는 곳은 없었으므로 시내버스 정류장이 근처에 있는 것으로 충분했다.

어머니가 아파트로 이사한 첫 달에 어머니 아파트의 낮 근무 도어맨 레이는 어머니가 도시 삶에 적응할 수 있을 것 같지 않다고 내게 말했다. 어머니가 그런 환경 변화에 적응하기가 힘들 것이라고 생각했다. 그로부터 한 달이 지난 뒤 레이는 어머니가 잘 지내고 있다고 말했고, 레이와 어머니는 소중한 우정을 쌓았다. 레이는 더없이 상냥한 사람이었고, 어머니보다 몇 살 더 어렸지만 마치 친척 아저씨처럼 어머니를 보살폈다.

일흔아홉 살이 다 되어가는 나이에 어머니는 새 삶을 발견했다. 도시와 다시 친해졌고, 열두 살에 같은 학교를 다녔던 옛 친구와 다시 만나 우정을 이어나갔다. 두 사람은 MoMA(뉴욕현대미술관)에서 영화를 보고, 극장에서 연극을 보고, 온 도시를 걸어다녔다. 어머니는 카진이 말하는 도시 산책자〔미국의 작가이자 문학평론가로 미국 이민자의 경험에 대한 글을 주로 쓴 앨프리드 카진Alfred Kazin의 『도시 산책자』A Walker in the City(1951)를 염두에 둔 표현이다〕였다. 어머니는 걷기를 매우 좋아하고 즐겼다. 플로리다와 그 교외에서는 걷는 행위가 기벽이었다.

어머니는 7년 반을 자립한 인물로 잘 보냈다.

그러다 여든여섯 살 반이 되었을 때 비정상적인 행동, 즉 문제가 있다는 징후가 나타났다.

1994년 9월부터 12월 중순까지 나는 거의 네 달 동안 떠나 있었다. 서섹스대학교 영어영문학과에 방문 작가로 초대받아 영국 브라이턴에서 머물렀다. 그동안 나는 어머니와 전혀 소식을 주고받지 않았다. 나는 12월에 돌아왔고, 어머니와 나는 예전처럼 폴리시 카페Polish café에서 만나 같이 아침을 먹기로 했다. 카페에 들어섰을 때 어머니가 우리가 늘 앉던 자리에 있는 것이 보였다. 내가 가까이 다가갔는데도 어머니는 고개를 들지 않았다. 어머니는 테이블 상판을 멍하니 바라보고 있었고 알은체를 하지 않았다. 나는 말했다. “안녕, 엄마. 한동안 못 봤는데, 제가 반갑지 않으세요?” 어머니는 고개를 들었다. “반갑지.” 어머니가 말했다. 무심하게. 정신이 딴 데가 있는 듯 머리가 잔뜩 헝클어진 어머니의 표정이 좋지 않았다. 우울해 보이기까지 했다. 어머니는 우울해하는 사람이 아니었다. 일단 평소 어머니는 자주 화를 냈다. 지금 보이는 어머니의 정서 상태는 평소와 달랐고, 그래서 당황스러웠다.

우리는 23번 스트리트에 있는 어머니 아파트를 향

해 북쪽으로 걸었다. 12번 스트리트와 2번 애비뉴가 만나는 모퉁이에서 우리는 노숙자처럼 보이는 한 남자를 지나쳤다. 어머니는 이렇게 말했다. "누군가를 기다리고 있는 거야." 어머니의 해석은 그 남자에 대한 동일시 내지는 투사의 일종이었다. 어머니의 입에서 잘 나오지 않는 부류의 말이었다. 나중에 나는 생각했다. 어머니는 아버지를, 자신의 남편을 기다리고 있구나.

그날 밤 또는 그다음 날 아침에 나는 언니들 중 한 명에게 전화를 걸었다. 어느 언니였는지는 잊었다. 아마도 뉴욕 언니였을 것이다. 언니도 그런 변화를 눈치채고 있었다.

아무런 예고 없이 어머니는 중병에 걸렸다. 그리고 그 일은 우리 소가족小家族 전체에게 일어났다. 초기에, 첫 일이 년 동안은 매일매일이 긴박하게 느껴졌다. 어머니의 상태에 어떻게 대처해야 할지, 어떤 것이 어머니를 돕는 올바른 방법인지, 어떤 것을 다르게 또는 더 잘 할 수 있을지.

나는 그 기간에 기록한 내 일기를 모두 찾아냈지만 그중에 1995년의 일기는 없었다. 그해 어머니는 아직은 무슨 병인지도 모르는 병을 앓기 시작했다. 어머니의 1995년도 스케줄러에는 기록이 없는 달들이 있다. 3월부터 10월까지다. 그리고 11월이 되면 어머니는 더 이상 자신의 일정을 관리하지 않게 되었다. 내가 어머니의 일정을 관리하거나 언니들 중 한 명이 했다. 나중에는 어머니의 오랜 간병인이 그 일을 인수받아서 병원 진료와 물리치료 등의 예약 일정을 기록했다. 나는 잊지 않기 위해 일기를 썼다. 어떤 사건들은 집중적으로 세밀하게 다룬다. 장면들을 상당히 구체적으로 묘사한다. 사람들이 무슨 말을 했는지도. 문장 전체, 답변, 질문이 그대로 되살아난다. 대다수의 사건들은 잊혔다. 특히 사건들 사이의 순간들이. 더 큰 사건 또는 주요 사건들, 예컨대 어머니의 수술 같은 사건의 서곡序曲 같은 것들이.

처음에 우리는 어머니가 이상하게 행동한다는 것, 어머니가 평소 같지 않다는 것을 알아차렸다. 우리가 어떻게 첫 조치를 취했는지, 즉 무엇이 문제인지를 찾아 나서게 된 경위는 기억나지 않는다. 그런 결정들은 그냥 잊혀졌다.

우리 자매들은 어머니가 정확한 진단을 받아야 한다는 것을 알았다. 그것도 당장. 누가 첫 진료 예약을 어느 의사와 잡았는지는 떠오르지 않는다. 어머니는 오랜 단골 내과의를 통해 이미 MRI를 찍은 상태였다. 그 의

사는 어머니의 뇌가 정상적으로 노화하는 뇌처럼 보인다고 말했다. 뇌실 크기도 정상 범위라고 판단했다.

첫 신경과 전문의와의 진료 상담에는 내가 어머니와 동행했는데, 그는 같은 MRI 사진을 보고서 어머니가 알츠하이머병이라고 확신했다. 나는 의사로부터 전화를 받았다. 의사는 어머니 앞에서 이야기하고 싶지 않았다고 했다. 다행이었다. 나는 집에, 부엌에 앉아 있었는데, 의사가 그 끔찍한 사형선고를 내렸다. 그러고는 이렇게 말했다. "하지만 6개월 뒤에 어머니를 다시 모시고 오세요. 더 지켜봐야 하니까요." 그런 일은 일어나지 않았다.

어머니의 증상은 알츠하이머병의 진단에서 벗어나 있었다. 어머니의 발병은 점진적이지 않았다. 하루가 다르게 손상 정도가 심해지는 것이 관찰되었다. 어머니의 증상은 간헐적이지 않았다. 어머니는 상당한 변화, 극적인 변화를 보였고, 그런 변화가 일관되게 나타났다.

시간이 지나면서 우리 자매 간에 의견 차가 생겼다. 어머니의 행동은 변동의 폭이 컸고 진단하기 까다로웠다. 그러나 기본적으로 어머니의 상태가 급격하게, 즉 알츠하이머병과는 다르게 발현되었다는 실증적 현실에 대해서는 이견이 없었다.

나는 의과학의 참관인에 불과하다. 질병, 흔히들 웰

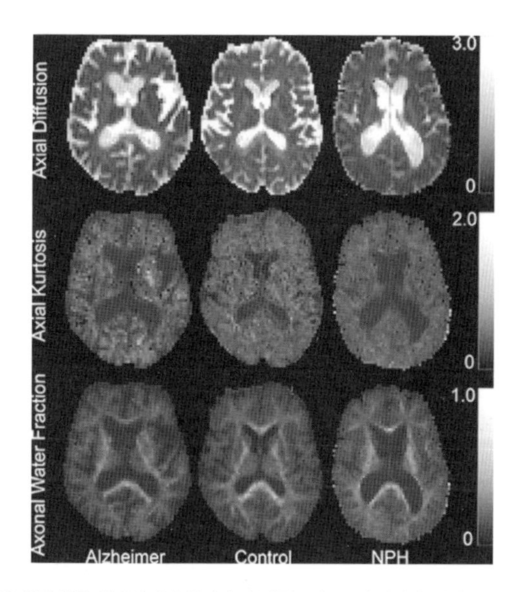

뇌 스캔 영상 샘플. 알츠하이머 환자의 뇌(왼쪽), 대조군인 건강한 사람의 뇌(가운데), 정상뇌압수두증 환자의 뇌(오른쪽)

니스wellness라고 부르는 것, 치료법, 임상시험, 플라시보 효과, 정상적으로 기능하는 몸과 기능이 쇠약해지는 몸에 관심이 있다. 의학 뉴스레터를 읽고, 레이철 아비브Rachel Aviv, 아툴 가완디Atul Gawande, 싯다르타 무케르지Siddhartha Mukherjee, 제인 브로디Jane Brody의 책을 읽는다. 『뉴욕타임스』의 과학 섹션 기사는 거의 다 읽는다. 어머니의 MRI를 본 의사 네 명 중 세 명이 다른 해석을 내놓았다는 사실에 어안이 벙벙했다. 두 명은 같은 진단을 내렸고, 나머지 두 명은 그 두 명과도 다르고 서로와도 다른 진단을 내렸다. MRI는 청사진이 아니다. 뇌의 비밀까지 알려주지는 않는다.

뇌 영상을 읽는 행위에 100퍼센트 확신이란 것은 없다. 텍스트를 읽는 행위와 마찬가지로 MRI 사진의 판독에는 해석이 들어간다. 그 해석은 우리 모두가 어떤 대상을 대하든 함께 딸려오는 것들, 예컨대 우리가 받은 교육, 훈련, 우리의 믿음과 주관을 토대로 이루어진다. 어떤 의미에서 지각은 객관성에 전혀 물들지 않는다. 지각은 성향이다. 사람은 이렇게 또는 저렇게 보는 경향이 있고, 그래서 어머니의 상태에 대해 확정적인 진단을 받기가 어려웠다.

환자의 대변인이나 가족은 어쩔 수 없이 의학 전문가에게 맞서게 된다. 의학 분야에서는, 모든 분야가 그렇겠지만, 이론과 기법을 둘러싸고 의견 차가 발생한다. 한 의사의 전문성은 불가침의 영역이 아니다. 의사들은 심지어 불확실성과 불충분함, 자신들의 무능을 애매모호하고 교묘하게 덮어버리기도 한다. 환자는 의사들이 정직한 중개인 역할을 해주리라 바라고 기대한다. 의사가 자신의 지식과 경험을 바탕으로 추측을 할 때는 그 사실을 솔직하게 인정하면서 이렇게 말할 거라고 생각한다. “이것이 옳은 진단이나 치료법이 아닐 수는 있습니다. 그러나 저는 이것을 해야 한다고 믿습니다.” 복잡한 사례라면 선택지 서너 가지를 각 선택지의 장단점에 대한 상세한 설명과 함께 제시해줄 수도 있을 거라고 생각한다. “물론 저라면 이들 선택지 중 이걸 선택할 겁니다”라고 말할 수도 있을 것이다. 그런데 환자들은 최선의 치료법은 오직 하나라고 믿고 싶어 한다. 그렇지 않을 때가 더 많다.

의사들은 대개 가족이 의사에게 전달하는 의견이나 이론을 출발점으로 삼는다. 거기에서부터 의사는 분석하고 가설을 세우고 추론하고 진단한다. 당신이 내린 결론을 먼저 제시하는 것은 실수다. 의학적 보고는 내러티브다. 이야기를 전달하는 순서에 따라 의사가 두는 첫수와 해석이 달라진다. 환자의 대변인은 증상을 함부로 진단하지 않도록 경계해야만 한다. 대신 이상 행동 등 문제나 증거를 시간 순서대로 제시해야 한다. 이때 가능하면 해석은 덧붙이지 말아야 한다. 이 일이 일어났을 때, 그전에는 어떤 일이 있었는가 하면…. 쉬운 일이 아니다. 다시 한 번 강조하는데, 당신이 실제로 관찰한 것과 당신이 받은 인상은 분명 중요하지만, 그것은 정답이 아닐 수도 있고 정답이어서도 안 된다.

다른 한편으로(그리고 그런 다른 한편은 아주 많다) 수동적인 태도는 방해가 된다. 간병인은 의사에게 공격적으로 달려들어야 할 수도 있다. 의사의 결정, 처방에 의문을 제기해야 한다. 의사가 짜증을 낼 때까지 물고 늘어져야 할 수도 있다. 의사는 신이 아니다. 비록 신처럼 구는 의사도 있지만. 환자나 그 가족이 의문을 제기하는 것을 질색하는 의사도 있다. 환자 측의 이야기를 들어줄 시간이 없는 의사도 있다. 개의치 않는 의사도 있다. 많은 의사가 자신의 일을 훌륭하게 해낸다. 의사들은 환자를 해고할 수 있다. 아마도 가능할 것이다. 그러나 우리는 그런 일을 당한 경험이 없다. 그보다는 당신이 의사를 해고해야 하는 경우가 발생할 가능성이 더 높을 것이다. 당신에게 필요한 것을 얻기 위해 해야만 하는 일을 하라. 당신에게 필요한 것은 세심한 주의력, 경청하는 태도(당신도 경청해야만 한다), 진심 어린 숙고, 솔직함, 성실함이다.

1995년 4월 18일, 어머니는 속기용 노트에 이렇게 적었다. (아버지와 결혼하기 전 어머니는 비서로 일했고 속기를 할 줄 알았다.)

"일기장에게, 나는 지난 사나흘 동안 밤에 내 노란색 가운을 입고 잤어. 정말로 큰 위안이 되었어. 비록 한쪽 소매가 팔꿈치까지 흠뻑 젖어 있었지만. 바버라가 멋진 검은색 가방을 샀어. 바버라가 그 가방을 흡족해하면 좋겠어. 일식당은 기분이 좋아지는 곳이야 & 나는 그곳이 정말 마음에 들어. 별로 배고프지 않은 걸 보면 충분히 많이 먹었나 봐! 충분히! 며칠 동안은 장을 보지 않아도 될 정도로 집에 음식이 많은 것 같아. 미뤄두었던 뜨개를 다시 집어들어야지. 내 인내심은 아직 바닥나지 않았어. 그래도 오늘밤은 뜨개 금지."

"4/19/95: 아침식사 6:55 AM. 오늘의 당면 일정이 무엇인지 모르겠다. 나는 닥터 A에게 전화를 걸었고(8 AM), 회신이 오기를 기다렸다. 린에게 전화가 왔다. (닥터 A, 없었다) (…)"

어머니는 뉴욕 언니에게 팬티스타킹이 흘러내린 이야기를 들려줬다고 썼다. "도대체 어떻게 그런 게 가능하지? 팬티스타킹 위에 거들을 입었는데 (…) 그래서 모퉁이 파스타 식당에서 일하는 웨이터에게 이야기했고, 우리는 둘 다 큰소리로 웃었다. 어디에서도 들어본 적이 없는 이야기였으니까."

어머니는 기록을 중단하기 전까지 짧은 글 네 개만

썼다. 끝에서 두 번째 글은 이렇게 시작했다. "일기장에게, 나는 정말로 안개 속에 있어. 그래서 이 아파트 월세에 대해 제때에, 제대로 생각하지 않고 있어(…)."

초등학교에서 정자로 제대로 쓰는 법을 배운 어머니의 필체는 희미했고 거미 다리처럼 길고 가늘었다.

"1995년 5월 1일, 일요일"에 어머니는 이렇게 썼다. 뉴욕 언니와 이야기를 나누는 중에 "깨달았다. 그애가 내가 운전해서 갈 수도 있었다고 지적했기 때문이다. 물론 이제 우리한테는 차가 없었었다. 냇〔남편 네이선의 애칭〕이 거의 10년 전에 죽었었던 뒤로 내내 없었었다. 나는 웃었다."

어머니의 필체는 이전보다 더 삐뚤빼뚤하고 더 희미하다. 그리고 이 글에서 어머니는 문법 실수를 한다. 어머니는 결코 문법 실수를 하는 법이 없었다. 그리고 시제를 혼동한다. 시간이 무너진다. 이것이 이 노트에 있는 어머니의 마지막 글이다. 나는 어머니가 "거의 10년 전에 죽었었던" 남편을 언급한 것에 감동받는다.

뉴욕 언니의 친구가 자신의 내과의, 닥터 A를 추천했다. 어머니를 모시고 그 의사에게 상담을 꼭 받아 봐, 언니의 친구가 말했다. 그는 닥터 A가 명의라고 호언장

담했다.

1995년 초의 일이다.

나는 닥터 A의 진료실과 우리의 첫 진료 상담을 마치 컬러사진을 들여다보듯 머릿속에 떠올릴 수 있다. 홍조를 띤, 동안의, 백발의, 나비넥타이를 맨 의사가 널찍한 직사각형 나무책상 건너편에 앉아 있다. 그의 진료실은 옛날식 진료실이었다. 나무로 된 가구가 많았고 낡았고 안심이 되었다.

어머니는 그의 책상 앞에 있는 구식 천 안락의자에 쓰러지듯 앉아 있었다. 어머니의 몸은 바닥을 향해 흘러내리고 있었다. 마치 천 인형처럼. 마치 어린아이처럼. 마치 길을 잃은 어른처럼.

뉴욕 언니와 나는 둘이 가까이 붙어서 어머니의 조금 뒤에 앉아 있었다.

닥터 A는 먼저 어머니만 불러서 어머니를 진찰했고 이제 우리는 그가 중대한 판정을 내리기만 기다리고 있었다.

닥터 A가 말한다. "다소 세밀한 진단을 내리려고 합니다. 제가 보기에 어머님은 정상뇌압수두증正常腦壓水頭症이라는 병을 앓고 있습니다."

닥터 A는 어머니 뇌에서 척수액이 빠져나가지 못해

서 너무 많이 차 있는 상태라고 설명했다. 그로 인해 뇌압이 상승하면 기억 상실, 빈뇨, 특이한 걸음걸이 같은 증상이 나타난다. 어머니에게서는 첫 두 증상이 확실하게 관찰되었다. 어머니의 걸음걸이는 정상뇌압수두증 환자의 걸음걸이와 정확하게 일치하지는 않았지만 충분히 비슷하다고 했다.

당시에 정상뇌압수두증Normal Pressure Hydrocephalus (NPH)은 아는 사람이 거의 없는 병이었고, 여전히 잘 알려지지 않은 병이다. 지금도 내가 정상뇌압수두증을 언급하면 듣는 사람의 95퍼센트가 처음 듣는다는 반응을 보이므로 나는 정상뇌압수두증이 어떤 병인지 설명해야 한다. 1995년에 나는 정상뇌압수두증에 대해 들어본 적이 없었다. 노인과 관련된 모든 뇌 질환은 치매, 혈관성 치매, 알츠하이머병, 노망으로 불렸다. 다른 질환은 없는 것처럼 보였다. 이제는, 21세기에 들어선 지 20년이 지난 지금은, 미국에서 약 70만 명의 사람들이 수두증을 앓고 있는 것으로 추정되지만 그중 20퍼센트만이 정확한 진단을 받는다.

어머니의 병은 수천 년 동안 존재했지만 이름이 없었다. 전통적으로 이 병의 대표적인 증상은 요실금, 치매, 보행 이상이다. 닥터 A는 어머니의 증상을 알아보았

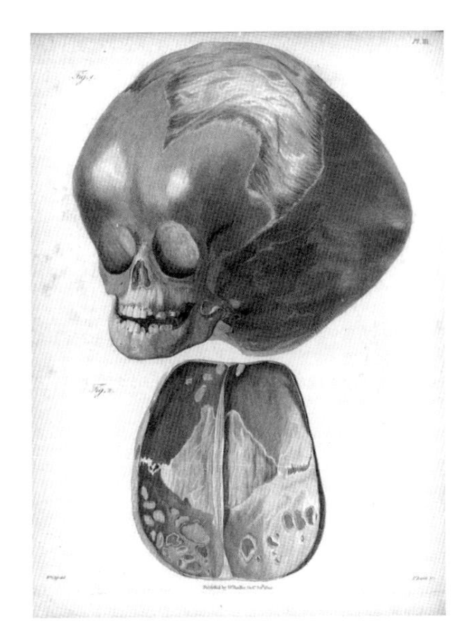

수두증 소아 환자의 두개골

다. 우리는 매우, 매우 운이 좋았다.

닥터 A는 노인의학 전문의는 아니었지만 노인 환자를 많이 진료했다. 환자도 의사와 함께 나이 들어간다. 닥터 A는 노인 환자와 공감대를 형성했다. 닥터 A는 뛰어난 진단의였다. 그는 흔한 표현으로 기존의 틀에서 벗어나 새로운 관점으로 문제에 접근한다.

닥터 A의 진단은 어머니에게 기회를 줬다. 뇌압은 션트(39쪽 하단 및 41쪽 그림 참고)로 완화할 수 있었다. 뇌압이 상승하는 것을 막지 않으면 어머니는 식물인간이 될 거라고 그는 설명했다. 뇌압으로 인해 어머니의 신경 기능이 완전히 멈추게 될 것이다.

정상뇌압수두증은 알츠하이머병만큼 절망적인 진단은 아니다. 정상뇌압수두증은 옳은 진단이었다. 진단이 전부다. 닥터 A는 정상뇌압수두증이라고 확진하기 위해서는 신경과 전문의와 상담해야 한다고 말했다. 그는 유명한 병원의 신경과 과장인 닥터 Z를 추천했다. 닥터 A는 닥터 Z를 높이 평가했다.

우리는 닥터 Z가 닥터 A의 진단에 동의하지 않는다는 것을 곧장 알 수 있었다. 닥터 Z가 명시적으로, 직접적으로 닥터 A의 진단에 반대한 것은 아니었다. 그렇게 하는 의사는 잘 없다. 다만 닥터 Z는 어머니가 정상뇌압수두증이라는 진단에 동의하거나 정상뇌압수두증이라고 판단하지 않았다. 그는 오로지 어머니의 내과 전문의의 이론을 거스르지 않으려고 의무적으로 동조했을 뿐이다. 이른바 동업자 간 예의를 지킨 것이었지만 예의는 끔찍한 완곡어법이다. 그 진단에 대한 닥터 Z의 불신은 어머니의 회복에 영향을 미쳤고 어머니의 뇌는 회복할 시간을 손해 봤다.

닥터 Z는 어머니를 매달 진료했고 자신의 의무를 다

했지만, 몹시 거만하게 굴었다. 닥터 Z는 자신의 진료실에서 요추천자腰椎穿刺(척추 아랫부분에 바늘을 꽂아 골수를 뽑아내는 것)를 실시했다. 나는 검사실로 따라 들어가서 지켜봤다. 나는 늘 요추천자가 무시무시한 시술이라고 생각했다. 실제로는 그렇지 않았다. 닥터 Z는 능숙했다. 빠르고 정확했다. 나는 요추천자 시술을 서너 번 지켜봤다. 나무에서 수액을 빼는 관을 상상해보라. 어머니는 요추천자를 하면서 단 한 번도 불평하지 않았다. 통증을 느끼는 것처럼 보인 적이 없었다. 바늘이 들어가면 뇌에 축적된 척수액이 빠져나오므로 시술 직후 어머니는 상태가 조금 양호해졌다. 어머니의 정신이 더 또렷해졌다.

여러 달 동안 신경과 전문의는 거들먹거리면서 어머니와 우리를 무시했다. 어머니의 뇌는 노화 과정을 밟고 있거나 알츠하이머병을 앓고 있는데 우리, 어머니의 자녀들은 현실을, 알츠하이머병이라는 슬픈 진실을 받아들이지 않고 있었다. 그는 진료실에서 나이와 시간에 관한 셰익스피어의 구절을 인용했다. 그동안 우리 뉴욕 자매는 그곳에 가만히 앉아 있었다. 반박하지 않았다. 닥터 Z의 자만심은 악취를 풍겼다. 뉴욕 언니는 격노했고 나보다 더 화가 나 있었다. 우리는 닥터 Z를 해고했어야 했다. 뉴욕 언니는 그렇게 하고 싶어 했지만, 우리는 어쩐지 그 상황에 갇혀서 벗어날 길이 없다고 느꼈다. 닥터 Z는 닥터 A의 선택을 받은 의사였다.

나는 닥터 Z의 부정적인 태도에 흔들렸다. 닥터 Z가 틀렸다고 생각했지만, 그의 부정적인 태도에 나는 당혹감을 느꼈다. 닥터 Z가 옳은 건 아닌지, 어머니에게 가망이 없는 건 아닌지 의심을 품지 않을 수 없었다. 닥터 A와 뉴욕 언니는 어머니의 병이 정상뇌압수두증이라는 확신이 흔들린 적이 한 번도 없었다.

나는 닥터 Z에 대해 닥터 A와 대화를 나눈 기억이 없다. 그런 대화를 분명히 했을 텐데도. 그러나 그런 대화를 나눴다고 해도 어머니의 뇌압이 간간히 상승하는 일이 여러 달 계속된 후에야 그런 대화를 나눴을 것이다. 우리 자매들은 닥터 A의 심기를 건드리게 될까 봐 걱정했다. 스스로를 보호할 수 없는 환자인 어머니에게 그런 두려움은 결코 도움이 되지 않는다. 당신이 존경하는 의사에게, 매우 훌륭한 의사인 데다가 다른 의사는 못 본, 고려조차 하지 않은 진단을 내린 의사에게 의문을 제기하기는 어렵다. 앞서 말했듯이 대변인은 전문가와 의료종사자에게 맞서야만 한다. 그들이 당신이 돌보는 환자에 대해서만 생각하는 것이 아니기 때문이다. 그들은 많은 환자를 다룬다.

†

의사의 진료실은 혼돈 그 자체일 수 있다. 진료 예약 시간은 오후 1시지만, 이미 오후 2시 30분이다. 의사가 응급 상황에 호출되었다. 사람들은 잊기 마련이다. 당신도 잊고, 의사도 잊고, 차트의 기록이 틀리고, 당신이 설파계 항생제에 알레르기 반응을 보인다는 정보가 빠져 있기도 하고 간호사가 차트를 엉뚱한 곳에 두기도 하고 비유적으로는 환자를 엉뚱한 곳에 두기도 한다.

내게는, 모든 일이 한꺼번에 일어나는 것처럼 보였다. 퍼져나가는 동시에 한데 몰려들었다. 어려운 의학적 문제들, 확신의 부족, 선택지와 가능성이 적거나 없다는 느낌. 무거운 장애물이 당신을 약하게 만든다. 위협이 당신이 목표를 달성하지 못하도록 마구 흔들어댄다. 실제로도 다른 선택지는 없다. 오로지 그런 것들을 극복하려고 열심히 노력하는 수밖에 없다. 담대하게.

삶은 질서정연하게 진행되지 않는다. 자기 삶의 모든 부분을 통제해야 하는 사람들, 작은 것 하나라도 자신의 의지와 무관하게 변하면 길길이 날뛰는 사람들을 좌절시킨다. 삶은 완전하고 완벽한 통제를 허락하지 않는다. 삶은 남쪽 북쪽 사방팔방으로, 예상하지 못한 방향으로 나아갈 것이다.

우리는 나중에 어머니를 모시고 다른 신경외과의와 신경과 전문의를 만나기는 했다.

이런 표현이 어울리는지는 모르겠지만, 어머니의 병에서 가장 좋았던 점은 어머니의 순응성, 어머니의 묵종이었다. 어머니의 병으로 인해 우리는 주도권을 행사할 수 있었다. 의사를 고르고 진료 예약을 잡았다. 어머니는 우리가 필요한 일을 할 수 있도록 내버려두었다. 어머니는 몹시 혼란스러워하거나 화를 내기도 했지만, 결과적으로는 우리가 어머니에게 시키는 대로, 어머니가 해야 하는 것을 했다. 대체로 우리는 질문이나 반문을 받지 않고 일을 진행했다.

우리 자매들은 숱한 고생 끝에 비싼 교훈을 얻었다. 수많은 시도를 했고 수많은 실수를 저질렀다. 시행착오 한 가지는 시간에 대한 어머니의 불안증에 관한 것이었다. 우리는 어머니에게 예정된 약속이나 앞으로 다가올 사건에 대해 미리 얘기하면 안 된다는 걸 배웠다. 예컨대, 어머니의 뇌가 구어적 표현을 제대로 이해하지 못하는 시기에 어머니에게 내일 의사를 만나러 간다고 얘기하면 어머니는 새벽 6시에 일어났다. 그러고는 당장 옷을 갈아입혀달라고 요구했다. 진료 예약은 오후 3시이므로 아직 시간이 많이 남았다고 말해도 소용이 없었다. 어머니는 물러서지 않았다. 당장 옷을 갈아입어야 한다고 고집했고, 그 자리에서 옷을 갈아입혀주지 않으면 히스테리를 부렸다. 히스테리를 부렸다는 것도 일상 대화의 관용적 표현으로 사용한 것이다.

논리는 통하지 않았다. 어머니의 불안증은 이성에서 한참 벗어나 있었다. 당신은 후퇴해야 한다. 당신의 행동을 바꿔야 한다. 불안한 사람을 달래야 한다. 그런데도 어머니는 옷을 갈아입어야 한다고 고집을 부린다. 진료 예약 시간이 여섯 시간이나 남았는데도 집을 나서기를 원한다. 하루 종일, 어머니가 실제로 간병인과 집을 나서기 전까지 어머니는 걱정에 휩싸여 침울해한다. 지각할 거야, 어머니는 말한다. 몇 시간이나 남아 있는 상태에서 어머니는 나를 들들 볶으면서 돌아버리게 만든다.

우리는 적응했다. 어머니에게 진료 예약이 있다는 사실은 그날 오전에 얘기해야 한다는 걸 배웠다. 그러면 어머니의 불안증이 심해지지 않았다. 사고 절차가 망가진 사람의 정신을 이해하거나 그에 맞춰 조정하는 것은 연민의 문제, 수용의 문제다. 손상된 뇌에 적응하는 일은 어렵다. 당신 자신의 이성이 혹사당하고 시험에 든다. 나는 어머니가 무엇을 경험하고 있는지, 어떤 감정을 느끼는지 몰랐다. 다만 어머니의 기능 상실이 어머니의 행동을 통해 겉으로도 드러나게 되었으며, 그로 인해 어머니가 큰 충격을 받았고 온갖 스트레스에 시달렸다는 것만큼은 알 수 있었다. 혼란에 빠진 어머니의 정신은 분명 어머니 자신에게 지옥이나 마찬가지였을 것이다. 어머니가 경험하는 시간은 왜곡되었다.

아인슈타인은 시간이 존재하는 이유가 오로지 모든 일이 한꺼번에 일어나지 않게 하기 위해서라고 썼다. 나는 나를 안내해줄 시간, 달력, 시계, 시와 분이 없는 날들을 상상해봤다. 시간이 없는 날들, 서로 구별되지 않는 날들, 현재와 과거를 분간할 수 없는 상태가 아마도 어머니가 느낀 것들일 것이다. 어머니에게는 모든 날들이 하루였다. 시간의 밖에 존재하는 것, 계획을 세울 수 없는 것, 자신의 일정을 관리하지 못하는 것은 무척이나 끔찍한 경험이었을 것이다. 또한 어머니의 자아 감각에 엄청난 타격을 입혔을 것이다. 어머니의 자존심에 커다란 상처를 남겼을 것이다.

어머니는 항상 계획적이고 체계적인 사람이었는데, 이제 그렇지 않게 되었다. 어머니는 그 무엇도 계획할 수 없었다. 어머니는 분명 자신을 알아볼 수 없게 되었을 것이다. 누구에게나 끔찍하게 여겨질 상황이지만 어머니에게는, 자신이 계획적이라는 사실을 자랑스러워하고 보상심리에서건 방어심리에서건 자신이 옳다고, 항상 옳다고 믿었던 어머니에게는 형벌과도 같았다. 어머니가 자기 선택에 의심을 품는 것처럼 보인 적은 한 번도 없었다. 어머니는 자신이 완벽하다는 말을 내게 자주 했다.

어머니는 자신의 이성의 힘, 자신의 기본적 합리성을 신뢰했다. 우리 가족 사이에서 유명한 일화가 하나 있는데, 바로 1938년 라디오 방송국에서 오손 웰스의 《우주 전쟁》War of the Worlds을 내보냈을 때 어머니가 보인 반응이다. 부모님은 수백만 명의 다른 사람들과 마찬가지로 방송에 귀를 기울이고 있었다. 지구가 외계에서 온 괴물과 기계에 의해 침공당하고 있었다. 그들이 지구에 착륙했다! 종말이었다. 많은 사람이 침대 속으로 기어들어갔다. 아버지의 가장 친한 친구인 고등학교 교장은 이것이 끝이라고 철석같이 믿었다. 그로부터 9개월이 지난 뒤에는 평소보다 더 많은 신생아가 태어났다.

어머니는 남편에게 말했다. "채널을 돌려봐요." 이성적이고 영리한 반응이었다. 당연하게도 다른 방송국에서는 지구가 외계 생명체에 의해 정복당하고 있다는 보도가 없었다.

뇌가 제대로 기능하지 못할 때, 그래서 스스로 무슨 생각을 하는지 알지 못하거나 생각하더라도 더 이상 자기 생각을 믿을 수 없게 되면 삶에 논리를 부여하기 위해 무엇이든 할 수 있는 일을 해야 한다. 다만 그 삶은 당신의 예전 삶일 수는 없다. 나는 스스로를 관리하기 위한, 자신의 능력 상실에 대처하기 위한 어머니의 노력을 목격했다. 어머니의 노트는 그런 노력의 일환이었고, 그러다 어머니는 노력을 할 능력조차 잃었다.

나는 어머니의 카드비와 관리비를 내고, 살림과 돌봄 서비스 제공자에게 임금을 지불했다. 어머니는 한 번도 내 업무 처리에 간섭하지 않았다. 그전까지 어머니는 자신의 수표책을 직접 관리하면서 수입·지출을 관리했다. 수표책은 화려하고 또렷한 필체로 기록했다. 더하고 빼면서. 나는 어머니의 수표책을 관리하려고 시도조차 하지 않았다. 나는 내 수표책도 관리한 적이 없다. 어느 정도 시간이 지났을 때 어머니는 자기가 수백만 달러, 수십억 달러의 자산가라고 믿었다. 우리는 어머니에게 그렇지 않다고 말하지 않았다. 그런 믿음으로 인해 어머니는 기분이 좋았다. 어머니는 늘 어머니가 원하는 것을 손에 넣었다. 메디케어Medicare〔미국의 노인의료보험제도〕

가 없었다면 어머니에게 우리가 제공한 것과 같은 의료 및 돌봄 서비스를 제공하기가 불가능했을 것이다. 어머니의 예금은 어머니가 평생을 쓰고도 남을 만큼 넉넉했음에도 불구하고, 완전히 바닥났을 것이다. 언니들과 내 재정 상태도 심각한 타격을 받았을 것이다. 메디케어는 어머니의 수술비를 댔다. 그리고 공동 부담을 통해 어머니의 진료비도 함께 냈다. 어머니를 진찰한 의사들은 모두 메디케어 환자를 받았다. 그러나 한결같이 대비해야 한다. 메디케어 명세서와 청구서는 복잡하고 이해하기 쉽지 않다. 무엇이 지불되었는지, 무엇이 지불되지 않았는지를 파악하기 어렵다. 다행히 우리는 그 일을 전문적으로 하는 지인의 도움을 받을 수 있었다.

마침내 닥터 Z와 닥터 A는 어머니가 신경외과의를 만나야 한다는 데 동의했다. 닥터 A가 의사를 추천했다. 닥터 Z는 여전히 어머니가 정상뇌압수두증이 아니라고 생각했다.

신경외과의가 션트를 삽입할 것이다. 션트는 피부 밑을 지나가는 관으로 뇌 척수액을 말 그대로 우회하게 만들어 복부로 보내는 기계적 장치다〔영어로 션트shunt라는 단어의 정의에는 '선로를 바꾸다'라는 뜻이 있다〕. 싱크대 밑의 배

수관 같은 장치다. 많은 것이 잘못될 수 있었다. 그러나 우리는 그런 것들에 대해 알지 못했다. 우리는 이것이 오컴의 면도날Occam's razor(어떤 현상에 대한 설명들 중 논리적으로 가장 단순한 것이 진실일 가능성이 크다는 원칙. 어떤 현상의 인과관계를 설정하는 데 불필요한 가정을 삼가야 한다는 주장)이라고 생각했다.

정상뇌압수두증과 션트에 관한 다양한 역사 기록에 따르면

— 고대 그리스의 히포크라테스, 고대 로마의 갈레노스, 고대·중세 아랍의 의사들이 정상뇌압수두증 사례를 묘사했다.

— 정상뇌압수두증에 대한 효과적이거나 유용한 치료법은 없었다. 그런 치료법은 요추천자 시술이 활용된 19세기 말이 되어서야 등장했다.

— 현재의 치료법은 1949년부터 실시되었다. 당시 수술전문의 프랭크 눌센Frank Nulsen과 유진 스피츠Eugene Spitz가 시연을 통해 션트로 뇌실의 압력을 완화할 수 있다는 것을 보여주었다.

1955년 한 남자아이가 아널드키아리 기형Arnold-

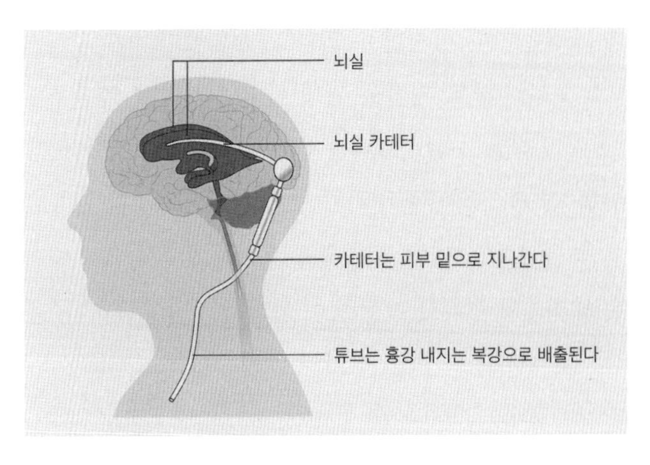

뇌 션트를 보여주는 그림

Chiari malformation(뇌조직이 비대해져 척추관 내로 확장한다)과 척수수막류myelomeningocele(이분척추〔spina bifida, 추골궁이 완전히 닫히지 못하는 기형〕의 일종)를 지니고 태어났다. 그 아이는 눌센과 스피츠에게 수술을 받았지만, "뇌실 탭은 뇌압을 일시적으로만 완화했다. 폴리에틸렌 튜브로 만든 뇌실복강션트를 활용한 모든 션트 수술은 실패했다."

아이의 아버지 존 홀터는 유압식 기계 기술자였다. 그는 "정맥관의 밸브가 수액이 새지 않도록 하면서 바늘을 삽입하고 회수할 수 있게 한다"는 점을 발견했다. 그는 닥터 스피츠에게 "이런 일방향 밸브를 사용하면 션트가 막히는 것을 방지할 수 있다"고 설명했다.

홀터는 션트 개발을 위해 다니던 직장을 그만두었다. 자기 아들을 살리기에는 이미 늦었는데도 말이다. 그런데 "살균 소독이 용이하고 인체가 거부하지 않는 재료를 찾을 수가 없었다. (…) 뇌출혈 환자에게서 흔히 생기는 찌꺼기와 역류로 작은 틈이 막힐 수 있었다."

내 흥미를 끈 것은 작가인 로알드 달Roald Dahl(1916~1990, 영국의 소설가이자 동화작가. 『찰리와 초콜릿 공장』, 『마틸다』 등으로 유명하다)이 션트 관련 서사에서 한 역할을 담당했다는 사실이다. 홀터와 마찬가지로 달에게는 아들이 한 명 있었다. 그의 아들 테오가 수두증을 지니고 태어난 것은 아니었다. 테오는 네 살 때 사고로 수두증 환자가 되었다. 홀터의 션트를 삽입했지만, 그 션트는 서너 번 막혔다. 달은 연료선이 막히지 않도록 유압 펌프를 부착한 소형 엔진을 제작하는 유압기 공학자 스탠리 웨이드에게 유압 펌프가 달린 션트 장치를 만들어달라고 부탁했다. 테오의 신경외과의 케네스 틸이 이 프로젝트를 감독했다. 웨이드-달-틸 밸브는 약 3,000명으로 추정되는 이차성 수두증 환자의 회복을 도왔다.

로알드 달과 존 홀터 모두 자녀가 수두증 환자라는 사실이 수두증의 치료법을 찾는 데 있어 강력한 동기로 작용했다. 가슴 깊은 곳에서 우러나오는 절박한 필요가 있었던 것이다.

내가 자란 교외 마을에 정상뇌압수두증을 갖고 태어난 남자아이가 있었다. 사람들은 그 아이를 “멜론 머리”라고 불렀다. 아이의 머리는 계속 커져만 갔다. 머리가 어마어마하게 커서 우리 아이들은 겁이 났다. 그 아이를 떠올리면 슬퍼진다. 우리들은 아마도 그 아이가 “웃기게 생겼다”고 생각했을 수도 있다. 왜냐하면 미지의 것, 기괴한 것은 재밌거나 우스꽝스러울 수 있기 때문이다. 그런 점이 공포를 불러일으키는 힘에 제약을 가하기도 한다. 그 아이는 매우 똑똑했고 학교 성적도 뛰어났지만 미래가 없었다. 왜냐하면 션트가 아직 개선되기 전이어서 그 아이를 도울 수 없었기 때문이다. 그 아이는 스무 살에 죽었다. 션트가 상용화되기 전에는 그 정도가 정상뇌압수두증 환자의 평균 수명이었다.

다시 한 번 말하지만 정상뇌압수두증 협회의 자료에 따르면 “미국에는 70만 명의 수두증 환자가 있는 것으로 추정되지만, 그중 20퍼센트만이 정확한 진단을 받는다.” 정상뇌압수두증 환자 중에 다른 유형의 정신 질환, 그것도 치료가 불가능한 정신 질환으로 진단받는 사람이 엄청나게 많다는 얘기다.

1996년 2월 12일 "명성이 있는" 신경외과의가 션트 수술을 실시했다. 그 외과의의 이름은 기억조차 나지 않는다. 그는 전체 그림에서 너무나 작은 존재였다. 수술을 마친 직후 우리 삶에서 퇴장했으니까. 나중에 나는 의학계에서 외과의가 "카우보이"로 통한다는 이야기를 들었다. 일단 수술이 끝나면 다시는 나타나지 않기 때문이다. 또한 그들은 무심할 수 있기 때문이다(실제로도 무심한 편이다).

션트가 삽입되었고 어머니는 병원에서 회복했다. 나는 어머니의 병실을 방문한 기억이 희미하게 난다. 어머니는 침대에 누워 있었고 하얀색 거즈 붕대가 어머니의 머리를 칭칭 감고 있었다. 병원식 터번이었다. 션트를 삽입한 후 즉각적으로 어머니는 원래의 자신에 더 가까워지고 있었다. 어머니는 2월 26일에 퇴원했다.

그러나 집에 돌아온 지 며칠 되지 않아 어머니는 발작을 일으키기 시작했지만 이른바 숙련된 상주 간병인은 그 증상을 놓쳤다. 거듭해서 우리를 안심시키기만 했을 뿐 아무짝에도 쓸모가 없었던 노인학 컨설턴트를 통해 고용한 간병인이었다.

어머니는 대변을 통제하지 못하기도 했는데, 그것은 발작의 대표적인 증상이다. 그런데 간병인이 놓친 것이다. 그런 다음 어머니는 거실 바닥에 설사를 했다. 이것은 초보 내지는 미숙한 간병인조차도 놓칠 수 없는 증상이었다. 어머니는 대발작을 일으켰다.

나는 어머니에게 달려갔고 구급차를 불렀다. 또한 신경과 의사 닥터 Z에게 연락을 취했다. 구급차에 탄 어머니는 의식이 없는 채로, 몸을 반쯤 일으키고는 상상 속 천 조각을 상상 속 바늘과 실로 꿰매기 시작했다. 한때 어머니는 솜씨좋은 뜨개인이자 재봉인이었다. 뜨개로 코트와 정장을 만들었고, 어머니가 뜬 옷에는 빠진 코가 단 한 개도 없었다.

우리는 구급차를 타고 병원에 도착했다. 남자 두 명이 어머니를 들것에 싣고 넓은 로비로 밀고 들어갔다.

병상이 없었다. 그렇게 들었다. 어머니의 신경과 의사, 이 병원의 협진의가 미리 전화를 해두었고 어머니를 위한 병상이 마련되어 있다고 확인해주었는데도 말이다. 나는 그 사실을 반복해서 알렸다. 소용이 없었다.

나는 장식되지 않은 그 넓은 로비에서 어머니 옆에 서 있었다. 어머니는 들것에 누운 채로 허공에 대고 바느질을 했다. 병상이 없었다. 5분 뒤에 구급대원들은 다음 환자 이송을 위해 떠나야 한다고 말했다. 나는 간신히 안 돼요, 중얼거렸다. 또는 안 돼요, 단호하게 말했다. 그리고 허공에서 바느질을 하는 무의식 상태의 어머니를 멍하니 바라봤다. 어머니는 망망대해 같은 이 로비에서 갈 길을 잃은 채로 떠다니고 있었다. 독특하게 끔찍하면서도 기괴한 경험이었다. 움직이지 못하는 어머니는 갈 수 있는 곳이 없었다. 그리고 어머니 옆에 있는 나는 아무 도움이 되지 못했다. 나는 틀림없이 울고 있었을 것이다. 어머니 옆에 딱 붙어서. 아무것도 할 수 없었고 아무 생각도 할 수 없었다. 그리고 아마도 성질이 급하거나 그냥 성실한 사람인 구급대원은 내게 입원 수속 안내 직원에게 다시 한 번 얘기해보라고 말했다. 나는 또다시 달려가서 병상이 마련되어 있다는 약속을 받았다는 등 설명을 했다. 그리고 기다렸다. 그 자리에 서서, 내 평생 처음으로 히스테리를 부리기 직전의 감정을 느끼면서. 로비 한가운데에 누워 있는 어머니는 허공에 대고 바느질을 하고 있었다.

"신 고급병동"에 병상이 나왔다고 안내 직원이 말했다.

어머니와 나, 그리고 다른 누군가도 있었는지 기억나지 않는다. 아마도 구급대원, 병원 직원이었을 수도 있다. 어느새 엘리베이터를 타고 신 고급병동을 올라가고 있었다. 그때의 많은 부분이 공백처럼 느껴진다. 나는 누구인지 모를 사람을 쫓아갔다. 어머니는 들것에 실려 있었다.

카펫은 폭신했다. 들것을 뒤따라가면서 나는 카펫 속으로 가라앉았다. 들것은 어머니를 고급스러운 1인실로 안내했다. 아트리움atrium(현대식 건물 중앙 높은 곳에 보통 유리로 지붕을 한 넓은 공간)이 있었고 병실로 이어지는 복도에는 유리와 화분이 많았다. 어머니의 병실은 새로 개업한 호텔의 객실 같았다. 벽에 어떤 그림이 걸려 있었는지 기억나지는 않지만, 병원처럼 보이지 않게 하려는 인테리어 디자이너의 시도였다.

뉴욕 언니가 곧 도착했다. 언니와 내가 어머니를 보살피는 동안 캐롤라이나 언니가 비행기를 타고 그날 저녁 도착했다. 우리는 도자기 주전자, 찻잔, 크림과 설탕 그릇 세트에 담긴 차를 대접받았다. 리넨 냅킨. 아마 꽃병도 있었던 것 같다. 호텔 같은 룸서비스였다. 캐롤라이나 언니는 자신이 도착했을 때 내가 바닥에 주저앉아 복도 벽에 등을 기대고 울고 있었다고 말했다. 나는 그런 기억이 전혀 없다.

조용히, 공포에 사로잡힌 우리 자매들은 쉬지 않고

눈에 보이지 않는 상상 속 천을 깁는 어머니를 관찰했다. 이따금 어머니는 시끌벅적한 인턴 무리의 방문을 받았다. 그들은 살펴보고 상의하고 고개를 흔들고 떠났다. 아무것도 하지 않았다. 간호사들도 아무것도 하지 않았다. 아마도 우리는 그들에게 어머니께 약을 처방해달라고 애원했던 것 같다. 인턴들이 왔다가 갔다. 두 번. 적어도 나는 그렇게 기억한다. 우리는 그곳에서 네 시간을 기다렸다.

무례한 신경과 전문의가 마침내 나타났다. 어머니가 누워서 허공에 대고 손을 휘저으며 바느질하는 모습을 보자, 내가 보기에 의사는 화들짝 놀랐다. 그제야 조치가 취해졌다. 의사가 지시를 했다. 우리에게는 아무 설명도 없었다. 우리는 그 자리에 없는 사람 취급을 받았다. 아마 인턴들의 무능함에 쑥스러워서였을 것이라고 짐작한다. 그리고 어머니는 신경과 집중치료실로 신속히 이송되었다.

우리는 병원 측이 아무런 조치를 취하지 않는 동안 무력하고 혼란스러웠다. 그리고 불침번을 서는 동안 따뜻한 차를 수도 없이 대접받았다. 뉴욕 대형병원 고급병동의 의료서비스는 무능하고 무심하다는 것을 확인했다. 말하자면, 완벽한 차 제공 서비스를 제외하면 일반

완벽한 차 제공 서비스를 제외하면 뉴욕 어느 대형병원 고급병동의 의료서비스는 형편없었다. 찻잔과 주전자, 사발 등이 있는 정물화.

병동의 환자들이 받을 수 있는, 그리고 흔히 받는 의료서비스와 전혀 다를 바 없었다.

간호사들의 근무 교대 시간이었다고 나중에 들었다. 그것이 그런 무성의한 서비스에 대한 병원 측의 해명이었다. 고급병동. 폭신한 카펫. 막 우려낸 질 좋은 차. 돼지 목에 진주목걸이.

카우보이 신경외과의가 너무 긴 튜브를 삽입했다. 튜브가 구부러졌거나 꼬였고, 그로 인해 척수액이 어머니의 복부로 흘러나가는 길이 막혔다. 척수액이 역류하면서 션트가 제 기능을 하지 못했다. 뇌가 심한 발작을 일으켰다.

교정술revision이라 불리는 수술을 통해 튜브의 길이가 짧아졌고, 어머니는 퇴원할 수 있을 정도로 회복했다. 그 뒤로 10년 동안 어머니는 교정술을 여섯 차례 더 받게 될 것이다.

션트는 생명을 구하지만 고장이 잘 난다. 우리가 일상에서 접하는 배관처럼 션트 튜브도 막힌다. 어머니의 션트가 고장 날 때마다 교정술을 받아야 했다. 첫 교정술을 받은 후에도 어머니의 병세에는 차도가 없었다. 튜브의 길이는 줄였는지 몰라도 어머니의 션트가 여전히 제대로 작동하고 있지 않다고 우리는 생각했다. 닥터 Z는 아무 문제가 없다고 주장했다. 그는 어머니의 병에 대해 편견을 가지고 있었으므로 애초에 어머니가 나아질 거라고 기대하지 않았다. 그는 계속해서 우리를 바보 취급했다. 우리는 그의 말에 반박하지 않았다. 그의 진단에 동의했기 때문이 아니라—오히려 우리는 늘 그의 진단에 의문을 품었다— 닥터 Z의 냉소적인 태도에 의지를 상실했기 때문이다. 닥터 Z는 션트가 제대로 작동하는지 안 하는지 판별할 능력이 있을 것이다. 닥터 Z는 션트가 제대로 작동하는지 확인할 수 있는 증상이 무엇인지 알고 있고, 우리가 그것을 알아보지 못하는 것이리라.

그렇게 몇 달을 더 헛되이 보냈다. 어머니의 뇌 상태가 더 나빠졌고, 뇌세포가 죽어갔다. 과정이 정확하게 기억나지는 않지만, 우리 중 뉴욕 언니가 가장 먼저 벗어났고 닥터 Z로부터 어머니를 해방시켰다. 뉴욕 언니는 어머니를 낫게 하겠다고 굳게 다짐했으며 어머니를 돕기 위해 맹렬히 싸웠다. 또 다른 신경외과의 닥터 R과 그의 션트 수술에 대해 들은 것은 뉴욕 언니였다고 기억한다. 닥터 R은 주로 소아 환자를 수술했다.

우리는 다른 병원 소속이었던 닥터 R에게 진찰을 받았다.

1997년 1월 31일, 닥터 R의 진료실. 그 진료실도 기억난다. 간소했고 구식이 아니었고 안락했다. 우리는 닥터 R에게 어머니의 션트가 제대로 작동하지 않는 것 같다고 말했다. 닥터 R이 우리에게 한 첫 질문은 이것이었다. 어머니가 션트조영상shuntogram을 찍으셨나요?

네?

션트조영상이요.

확인할 수 있는 검사가 있어요?

네.

다음날인 1997년 2월 1일 아침, 어머니는 션트조영상을 찍었다. 오래 걸리는 검사가 아니었다. 아마도 30분 정도 걸렸던 것 같다.

어머니에게 조영제를 주입하는 동안 옆에 있었다. 션트 수술만큼이나 간단해 보이는 검사였다. 몸에 칼을 대지도 않았다. 결과도 즉각 나왔다.

션트는 제대로 작동하고 있지 않았다.

닥터 Z는 진실을 알려고 노력조차 하지 않았다. 그도 션트조영상에 대해 분명히 알았을 것이다. 대형 종합병원의 신경과 과장이 어찌 모를 수 있었겠는가. 그런데 그는 션트조영상을 권하지 않았다. 왜냐하면 자신이 옳다고 생각했기 때문이다. 아니, 확신했기 때문이다. 우리는 감정적이었고, 틀렸다. 닥터 Z의 진단과 편견은 어머니에게, 어머니의 뇌 건강에 치명적인 결과를 가져왔다. 뇌척수액이 더 오래 축적될수록 어머니의 뇌와 뇌 기능은 더 큰 손상을 입었다.

그런 다음 어머니는 다시금 교정술을 받아야 했다. 회복하는 데에도 더 많은 시간이 필요할 것이고, 회복하더라도 어떤 상태일지는 예측하기 어려웠다.

1997년 2월 14일 닥터 R은 교정술을 실시했고, 그 직후에 또 한 번 교정술을 실시해야 했다. 왜냐하면 어머니의 뇌에서 출혈이 일어나 혈액이 션트 튜브로 흘러

들어갔기 때문이다. 어머니는 일주일도 채 지나기 전에 두 번째 교정술을 받아야 했다. 즉 일주일 사이에 두 번의 수술을 받은 것이다. 또다시 전신마취. 어머니는 여든여덟 살에 가까웠지만 체력이 좋았다. 어머니는 죽기 한 달 전까지 팔씨름을 할 수 있었는데 그 사실이 다소 놀랍기도 하다. 수술을 안 할 수는 없었다. 어머니에게 삶, 어느 정도 삶다운 삶을 되찾을 수 있는 기회를 드리려면 다른 선택지가 없었다. 물론 여기서 말하는 '삶다운 삶'이라는 표현은 다소 너그럽게 사용되었다.

이 교정술 또는 4월에 받은 그다음 교정술을 받은 뒤 어머니는 약 8개월간 말을 못 했고 거동을 거의 하지 못하게 되었다. 어머니는 시체만큼이나 무거운 짐이 되었다. 어머니를 들어서 화장실에 모시고 가는 일에도 두 사람이 동원되어야 했다. 그즈음 로이스가 고용되었고 로이스가 어머니를 돌보는 일을 보조하기 위해 또 다른 여자 한 명도 고용되었다.

새 신경외과의 닥터 R은 지적이고 솔직했으며 '카우보이'가 아니었다. 그는 우리가 그를 필요로 할 때 함께 해주었다. 1년 반 정도 후에 어머니의 션트가 다시 고장 나서 교정술을 받아야 했을 때 나는 이렇게 물었다. "당신 어머니라도 수술을 하시겠어요?" 닥터 R은 생각에 잠겼다. 네, 할 겁니다. 그가 말했다. 그리고 어머니는 다시 교정술을 받았다. 닥터 R의 믿음이 결정적이었다.

한번은 내 안경사가 수술은 기술이지 과학이 아니라고 설명했다. 환자의 회복 가능성에 대한 의사의 믿음은 기술도 과학도 아니다. 안타깝게도 낙관적인 태도는 가르칠 수 없다. 그저 그런 태도를 장려하는 것이 할 수 있는 전부다. 의사들은 자신이 현실주의 내지는 실용주의적인 관점을 취한다고 말하겠지만 실질적으로는 환자에게 희망이 없다고 내치는 격이 될 수 있다. 몇몇 의사는 실제로도 자신을 찾아온 노인 환자를 그런 식으로 대한다.

당신이 가장 우선적으로 긴급하게 따지고 살펴봐야 하는 것은 바로 의사의 기대다. 의사는 당신이 돌보는 환자의 회복 능력을 판단할 수 있고, 그에 따라 가장 적절한 치료법을 제시할 수 있는 사람이다. 내가 대학교에서 가르치는 창작 수업 학생들 중 몇몇은 내가 그들에게 너무 많은 것을 기대한다고 불평한다. 나는 그것을 다행으로 여겨야 한다고 말한다. 그리고 이런 사례를 들려준다.

실험이라는 것을 모르는 대학원 심리학과 학생들에게 쥐를 지급하는 실험이 실시되었다. 학생들은 두 그룹으로 나뉘었고, 모든 학생에게 동일한 종류의 쥐를 지급했다. 한 그룹에게는 그들이 지급받은 쥐가 매우 영리한 쥐라고 얘기했고, 다른 그룹에게는 그 쥐가 특별한 점이 없는 지극히 평범한 쥐라고 얘기했다. 실험 결과는 놀라웠다! 쥐가 영리하다는 얘기를 들은 그룹은 자신의 쥐가 좋은 성과를 낼 것이라고 기대하면서 훈련시켰다. 이 그룹은 대단한 성과를 얻었다. 성공에 대한 기대가 낮거나 전혀 없었던 다른 그룹의 쥐는 '멍청한' 쥐였으므로 성과도 미미했다.

의사가 어떤 기대를 가지고 있는가에 따라 당신이 돌보는 환자가 도움을 받을 수도, 해를 입을 수도 있다.

의사가 질병에 대한 두려움, 질병에 대한 공포증이 있을 수도 있다. 그래서 의사가 되었을 수도 있다. 질병을 물리치고 싶어서, 다른 사람의 생명뿐 아니라 자신의 생명도 구하기 위해서. 어머니나 형제가 아픈 환자여서.

어떤 의사는 노인을 충분히 정성 들여 치료하지 않는다. 심지어 무시하기도 한다. 노인은 죽음을 나타낸다. 나이가 들면서 몸이 더 쇠약해지고 면역체계도 더 약해진다. 장기가 마모되고 질병에 걸릴 가능성도 더 높아진다. 의사들도 노화 및 죽음이 탄생 및 젊음과 마찬가지로 질병이 아닌 자연스러운 현상이라는 것을 머리로는 알지만, 게다가 노인 인구와 인간의 수명이 똑같이 늘고 있지만, 노인학을 전공으로 선택하는 의사는 거의 없다. 성형외과, 산부인과, 피부과가 선호되는 전공이다.

어머니가 다시 예전의 자신으로 되돌아가거나 예전만큼 신체·정신 능력을 회복하기를 기대하기란 불가능해 보였다. 어머니는 시간이 지나면서 나아지기는 했다. 뇌는 자가복구를 하면서 새로운 경로를 찾고 만들어낸다. 또한 어머니는 심지가 굳은 사람이었다. 어머니가 더 젊을 때 정상뇌압수두증에 걸렸다면 상태가 훨씬, 훨씬 더 잘 회복되었을 것이다. 션트를 더 일찍 삽입했다면 예후가 훨씬 더 좋았을 것이다.

우리는 어머니가 나아지고 있다는 증거를 열심히 찾았다. 때로는 하도 집요하게 찾아서 그런 날들에는 매 두세 시간마다 전화 통화가 끼어들었다. "어머니가 더 좋아졌어. 어머니가 더 나빠졌어." 어머니는 계속 돌봄이 필요한 상태였으므로 의식적으로 불침번을 서야 했고, 어쩔 수 없이 무의식적으로도 불침번을 서고 있었다. 따분하고 불안한 낮과 밤, 즉 내 삶은 마치 모순어법처럼 응급상황, 폭발, 그리고 그런 것들의 둔탁한 반복에 시달렸다.

이런 고통스러운 과정—인지 저하, 수술, 검사, 더딘 회복—을 겪는 어머니를 지켜보면서 나는 미래가, 시간의 유령이 다가오는 것이 두려웠다. 심지어 터무니없게도 내가 더 빨리 늙고 있는 것처럼 느껴졌다. 내 가능성들과 환상들을 어머니에게, 그것도 내가 사랑하지 않는 어머니에게 빼앗기고 있었다.

이것이 초창기의 그림 일부를 구성한다. 우리 세 자매는 끊임없는 걱정의 공기 속에 존재했다. 불길한 예감은 우리가 선택한 적 없는, 일상의 구성 요소였다. 며칠, 몇 주는 다른 날들, 다른 주들보다 나았다. 그러다 뭔가 일이 터지곤 했다.

처음에 나는 어머니를 돌보는 일이 아이를 키우는 일과 비슷할 거라고 상상했다. 나는 아이를 원한 적이 단 한 번도 없었다. 다른 인간의 대기조가 되고 싶지 않았다. 아이와 달리 어머니는 성장하지 않을 것이다. 점점 자라면서 강해지지도 않을 것이고, 자립하게 될 가능성도 없었다. 어머니는 쇠약해지고 있었다. 가끔 좋아지기도 했지만, 여전히 자신의 죽음에 가까워지고 있었다.

어머니가 타인에게 의존해야 하는 존재가 되기 전, 뉴욕으로 이사한 어머니는 나와 공동명의 계좌를 개설

했다. 그전까지 어머니는 내가 자신이 믿고 맡길 수 있는 사람이라는 신뢰를 보인 적이 단 한 번도 없었지만, 내가 어머니와 가장 가까운 곳에 사는 가족이었다. 어머니의 유언 집행인이자 의료 대리인은 뉴욕 언니였지만, 우리 셋, 어머니의 딸들은 모두 어머니의 건강, 그리고 의사와 간병인에 관한 결정에 관여했다.

간병인을 고용하는 경험, 그리고 '상주' 간병인과 가족의 의사 및 일정을 조율하고 협력하는 경험은 뒤틀린 가정소설의 소재로 삼을 만한 것이다. 미국의 백인 작가는 그 이야기를 충분히 구상할 수 있다. 더 나아가 그 작가가 선입견, 계급 및 문화 차이, 그리고 가능한 또는 실제로 일어난 불법 노동자 착취 문제를 솔직하게 다룰 수도 있을 것이다. 그것은 냉혹한 이야기, 쓰기 어려운 이야기일 것이다. 그리고 내가 그 이야기를 쓰고 있을 수도 있다.

내가 정신이 맑을 때, 응급상황이 아닐 때, 그것은 좀처럼 떨쳐내기 힘든 윤리적 문제였다. 미국에서 태어나지 않은 유색인종 여자를 고용하는 일은 노예제 역사와의 연결고리를 느슨하게 만드는 방법처럼 보였다. 내가 노예제의 유산에서 벗어날 수 있는 길, 요컨대 노예제 유산 상속에서 배제되는 길이라고 생각했다. 그러나 살짝 틀어진 것에 불과했다. 나의 특권은 식민주의와 제국주의의 후유증 속에서도 살아남았다. 그 특권의 조건과 결과는 추상적이지 않았고 사적이었으며 어머니를 돌보기 위해 우리가 고용한 여자라는 형태로 체화되었다. 나는 이를 의식하고 있었지만 내 특권을 포기하지 않았다. 내가 어머니와 함께 살았다면, 그렇게 어머니를 위해 내 삶을 바꿨다면 내 특권을 포기할 수 있었다. 그것이 역사에 저항하는 방법임을 알았지만 나는 그럴 수 없었다. 나는 어머니와 함께 살 수 없었다. 그냥 할 수 없었다. 그렇게 했다면 나는 24층에 있는 어머니 아파트의 여러 창문 중 하나에서 몸을 내던졌을 것이다.

죄책감은 중요하지 않았다. 죄책감은 이기적이었다.

때로는 너무 압도된 나머지 나는 어머니의 필요와 우리의 재정 상태가 제기하는 윤리적 문제에 대해 명료하게 생각할 수 있는 시간과 능력을 잃었다. 생각이란 걸 할 수나 있었다면 말이다. 또한 불안은 성급한 결정을 낳았고 그런 결정들에서 의도치 않은 결과들이 굴러 나왔다. 결과라는 것은 전적으로 운이 지배하는 도박의 산물이었는데도, 당신은 자신이 주사위를 던졌다는 사실조차 모르고 있었다.

하루 24시간 내에 일어나는 일들이 잘 맞물려 돌아가는 동시에 완전히 엉망진창이 될 수도 있었다. 정상적인 하루, 평범한 하루에 대한 기대가 타당성을 잃었다.

처음에는, 그리고 대체로, 간병인은 환자와 가족의 도우미로 여겨진다. 간병인을 고용한 첫 두세 달 동안은 특히 그렇다. 가족은 도우미에 대해 아는 것이 없고 도우미도 가족에 대해 아는 것이 없다. 가족은 도우미에게 적응하거나 적응하지 못하고 도우미는 가족에게 적응하거나 적응하지 못한다.

도우미의 관점에서 보면 그녀는 환자와 가족의 피고용인이다. 환자와 가족은 다정하거나 심술궂거나 느긋하거나 예민하거나 너그럽거나 쩨쩨할 수 있다. 도우미는 불가피하게 가족의 일원으로 편입되지만, 진짜 가족은 결코, 전혀 될 수 없다. 도우미는 해고될 수 있기 때문이다. 가족은 해고할 수 없다. 어떤 가족이든, 그 가족이 도움을 필요로 하는 문제가 무엇이든, 그 가족만의 내용과 방식으로 도우미에게 압박을 가한다. 도우미는 자신이 맡은 환자도 다루어야 하지만 그 환자의 가족도 다루어야 한다.

이것은 그 자체로 고유한 인간관계의 한 유형이다. 이것은 다른 어떤 인간관계와도 다르고 내가 아는 그 어떤 인간관계와도 다르다. 내가 간병인을 주인공으로 삼은 장편소설을 쓴다면 그 간병인은 신비하고 지적이고 매력적이고 좀처럼 헤아리기 어려운, 야망과 양가성을 지닌 실력 좋은 일꾼일 것이다.

어머니가 거동할 수 없게 된 직후 여러 여자들이 어머니와 함께 살았다. 그중 몇몇은 뚜렷하게 기억한다. 로이스가 특히 뛰어났다. 효율적이고 적극적이고 활기가 넘쳤다. 어머니와 함께 있을 때 로이스는 믿을 수 없을 정도로 대단했다. 로이스는 낮 시간을 어머니와 함께 보냈지만 어머니와 함께 살지는 않았다. 로이스는 어머니를 설득해 침대에서, 의자에서 빠져나오게 했고, 걷고 운동하도록 격려했다. 그러나 4개월 후에 로이스는 플로리다로 떠났으며, 대신 자신의 사촌 섀런을 추천했다. 섀런은 문제를 일으켰다. 아니면 그냥 우리와 맞지 않았는지도 모르겠다. 섀런이 문제를 겪고 있었을 수도 있다. 나는 섀런이 싫지는 않았지만, 섀런과 친해지지도 않았다. 섀런은 어머니를 오래 돌보지도 않았다. 섀런을 해고했을 때, 은유적으로 표현하자면 섀런을 보내야 했을 때, 나는 뉴욕을 떠나 맥도웰 콜로니에서 글을 쓰고 있었고, 당시 상황에 대해 전달받지 못했으므로 뭐가 문제인지 몰랐다. 어머니는 대체로 뉴욕 언니에게 섀런에 대한 불만을 토로했다.

나중에 그리고 몇 달 동안이나 섀런은 어리둥절해하며, 속상해하며 내게 전화를 걸었다. 섀런은 자신이 문제라고 생각하지 않았으므로 왜 자신이 그만두어야 하는지 내가 설명해주길 바랐다. 나는 차마 어머니가 당신을 싫어했다고 말하지 못했다. 그런데 실제로 어머니와 섀런은 자주 말다툼을 했다. 환자와 말다툼을 하는 것은, 무엇보다 뇌 손상 환자나 치매 환자와 말다툼을 하는 것은 헛된 일이고 그 자체로 문제다. 섀런은 몇 년간, 특히 어머니의 생신날이면 내게 전화해 물었다. "어머니는 어떠세요?" 또다시 고유한 문제에 맞닥뜨린 나는 마음이 매우 불편했다. 나는 섀런을 위로하려고 애썼다. 섀런은 어머니를 좋아했다. 자신이 해고당한 것에 대해 몹시 슬퍼했고 심지어 혼란스러워했다. 그러나 나는 섀런에게 설명할 수 없었다. 섀런의 마음을 상하지 않게 할 만한 그럴듯한 이유를 제시하지 못했다.

로이스는 다시는 우리와 말을 섞지 않았다. 우리는 로이스의 사촌을 해고한 사람들이었다. 한번은 내가 로이스에게 전화를 걸었다. 로이스는 전화를 받았지만 다른 사람인 척했다. 내가 "로이스인 거 알아요"라고 말했을 때 로이스는 자신이 로이스의 사촌이라며 내가 착각하고 있다고 말했다. 나는 목소리를 착각하는 일이 거의 없었으므로 말도 안 되는 소리였다. 로이스는 내가 틀렸다고, 자신은 로이스가 아니라고 격하게 말했다. 로이스는 화를 냈다. 이 또한 특이한 상황이었다. 로이스의 분노는 예상치 못한 것이었다. 그리고 그 경험은, 자신이 아닌 척하는 여자를 대하는 경험은 이상하면서 충격적이었다. 우리는 로이스를 무척 좋아했고 로이스는 어머니에게 더할 나위 없이 잘 했다. 그런데 이제 로이스는 우리를 증오했다. 우리는 섀런을 해고하는 것이 로이스에게 어떤 영향을 미칠지 미처 고려하지 못했다. 아마도 로이스에게 우리의 고민을 알릴 수도 있었을 것이다. 그러나 그랬다 하더라도 우리는 똑같은 결정을 내렸을 것이다. 로이스에게 알렸다면 로이스의 분노를 누그러뜨릴 수 있었을까, 우리는 로이스와 상의해야 했던 걸까.

나는 '피고용인을 해고한다'는 용법으로 사용되는 'fire'라는 단어로 자꾸 돌아가 그 단어에 대해 반추하게 된다. 나는 'fire'가 '해고'를 의미하게 된 유래를 상상하고, 'fire'의 일상 용법이 누군가 또는 뭔가를 제거하기 위해 그 사람 또는 물건을 불에 던져 넣는 것과 관련이 있지 않을까 하는 생각을 한다. 사람을 산 채로 불에 태우기. 원래는 불에 태우다를 의미하는 'to burn'은 현재 구어적으로 '사형시키다'라는 의미로 쓰인다. 다르지만 관련이 있다. 아마도 푸코Michel Foucault가 『감시와 처벌』에서 그런 어원을 언급했던 것 같다. 확인해봐야겠다.

끔찍하고 후회되는, 기이한 일과 사건들이 쌓였다. 너무 많아서 다 기억할 수도 없다. 일부에 대한, 아마도 더 많은 것에 대한 기억이 억압되어 있다. 안 좋은 시간들은 새로운 종류의 스트레스를 유발했고 너무 많은 일이 너무 빨리 일어나서 대다수는 세부 사항이 기억나지 않는다.

또 다른 상주 간병인은 화려한 모자를 썼다. 나는 그녀를 떠올릴 때면 '모자'라고 부르지만 그녀의 이름은 도리스였다. 모자가 어머니와 함께 살 때 어머니는 첫 수술 및 교정술을 받은 후 거의 움직이지도 못하고 먹지도 못했는데도 엄청난 양의 음식이 사라졌다. 나는 매주 장을 봤고 콜드 컷cold cuts〔갖은 냉육을 슬라이스한 것〕, 빵, 쿠키, 치즈, 고기, 생선, 과일을 샀다. 음식을 필요 이상으로 많이 샀지만 나는 내가 뭘 하고 있는지도 몰랐다. 음식은 늘 전부 소진되었다. 전화비가 갑자기 치솟았다. 1990년대에는 맨해튼에서 브루클린이나 퀸스의 지역번

호인 718로 시작되는 번호로 거는 전화비가 비쌌다. 나는 전화비를 냈고 모자에게 그 비용을 청구하지 않았다. 나는 그저 누군가가 어머니 곁에 있어주기를, 우리 대신, 나 대신 있어주기를 원했다.

도리스는 아름다웠다. 체구가 크고 무거웠다. 나는 그녀가 그 체격을 유지하려면 많이 먹어야만 할 거라고 생각했다. 또한 반쯤 혼수상태에 있는 환자를 돌보는 일이 따분할 것이라고 짐작했다. 그래서 아마도 많은 시간을 뭔가를 먹으면서 보낼 것이라고 생각했다. 그러나 도리스가 어머니를 돌보는 한 이 모든 것은 중요하지 않게 느껴졌다. 어머니 곁에 있으면서 어머니로부터 계속해서 흘러나오는 액체들을 비우고 어머니의 요구를 들어주는 한.

모자는 미국 시민권자였다고 나는 어느 정도 확신한다. 어머니를 돌본 여자들 중 두세 명은 미국 시민권자였지만 모두가 그렇지는 않았고, 더 중요하게는, 어머니를 10년간 돌본 여자는 미국 시민권자가 아니었다.

그 시절 나는 매일 어머니를 찾아가거나 안부전화를 했고, 언젠가부터는 이삼 일에 한 번씩 그렇게 했다. 어머니는 마치 위성 드론처럼 나와 언니들 주위를 맴돌았다. 어느 정도 시간이 지난 후, 아마도 5년 정도 후에는 내 일상의 비일상적인 부분이 되었다.

나는 그곳에, 어머니 집에 있고 싶지 않았다. 그에 비해 뉴욕 언니는 거부감이 덜했고, 나의 그런 거부감으로 인해 우리 관계에 다소 긴장감이 돌았다고 또는 언니가 내게 실망했다고 나는 믿는다. 이런 종류의 스트레스, 예컨대 형제자매 간 갈등과 의무감에 의해 발생하는 갈등에 지속적으로 노출되면 인간관계는 손상을 입는다. 이 모든 것이 가족의 분화구, 가족의 집단적 정신 상태(그런 것이 존재한다면)를 깊이 파고들어 헤집어놓는다.

환자 주위의 가족 또는 가까운 친구 집단에게 쉬운 시간이란 것은 없다. 환자가 말기 환자일 때 그 무게는 특정성, 일종의 특수 중력을 지닌다. 당신은 부모를 잃게 될 것이다. 일반적으로 부모는 두 명뿐이다. 오늘날에는 부모가 여러 명일 수도 있지만. 그렇다 하더라도 당신 삶에서 그 부모는 고유한 존재다. 그리고 가족은 복잡하다. 많은 요소로 구성된 고유한 복합체다. 기존에 존재하던 심리적 조건들이 드러난다.

어린 시절 우리는 틸먼 자매, '부모'에 맞서 연합한 '삼총사', 하나를 위한 모두, 모두를 위한 하나였다. 여기서 '모두'란 두 언니를 가리키는 것이었다. 두 사람은 나이와 경험에서 나보다 훨씬 앞서 있었고, 태어난 순서상 대장 지위를 부여받았다. 언니들과 늘 함께하고 싶었던 나는 언니들의 뜻에 따랐다. '하나를 위한 모두'는 예나 지금이나 강력하다. 비록 나는 커가면서 우리 자매가 서로 얼마나 다른지 깨닫게 되었지만.

우리는 어머니와 관련한 문제에 대한 견해가 서로 달랐다. 어머니를 어떻게 '처리'해야 하는지, 어떻게 돌봐야 하는지, 심지어 어머니에게 어떤 진공청소기를 마련해드려야 하는지에 이르기까지 다 달랐다. 우리의 의견 차이는 완벽하게 해소되지는 않았지만 적절한 수준에서 해소되었으므로 우리는 어머니 돌보는 일을 계속 함께 해나갈 수 있었다. 우리는 문제에 현실적으로 대처하겠다는 의지가 강했으므로 원만한 관계를 유지해야 했고, 그 방법을 찾기 위해 노력했다. 우리는 목표지향적인 사람들이다. 자매마다 어머니에 대한 감정과 어머니와의 관계가 달랐고 어머니를 어떻게 돌봐야 하는지에 대한 생각도 다 달랐지만 우리는 어머니를 위해 협력했다.

나는 언니들의 감정과 생각에 대해서는 말할 수 없다. 오직 내 감정과 생각에 대해서만 말할 수 있다. 나는 우리가 우리의 감정, 애착, 거리감을 건드리지 않기 위해 아주 의식적으로 조심했다고 믿는다. 나는 우리 모두가 서로 소원해질 가능성이 있다는 사실을 인지하고 있었고 그런 일이 일어나지 않기를, 절대로 일어나지 않기를 바랐다고 생각한다. 이런 걸 언니들과 논의한 기억은 전혀 없지만 암묵적으로 전제되어 있었다. 어떤 가족은 죽음이 닥치는 그 순간까지 분열되고, 파괴되고, 편을 가른다. 우리는 서로를 버리고 싶지 않았다. 그리고 어머니도 버리고 싶지 않았다. 비록 나는 이따금 그러고 싶었지만.

우리 중 어느 누구에게도 쉬운 일이 아니었다. 나는 잠들지 못한 날들이 있었고, 언니들도 그랬을 것이라고 확신한다.

†

내 시간은, 흔한 말로, 온전히 내 것이었다. 나는 정해진 장소나 사무실로 출근할 필요가 없었다. 대학에서 가르치기 전까지는 그랬다. 그러다 뉴욕주립대학교 올버니 캠퍼스 영문학과의 교수직을 제안받았고 수락했다. 2002년 봄학기부터 가르치기 시작했고, 이후 상시 대기할 수 있는 능력이 제한되었다. 강의가 없을 때는 언제든 어머니의 아파트로 달려가거나 택시를 타고 갈 준비가 되어 있었다.

내 삶이 좁아진 듯했다. 내 삶이 더 이상 내 것이 아닌 듯했다. 나는 내 삶의 일부를 포기했고, 그런 생각들을 했다. 꼭 해야만 하는 의무로 여겨지는 일을 하고 싶지 않은 나 같은 사람들이 흔히 하는 그런 생각들을. 희생. 나는 자유의 상실이라는 현실에 저항했다. 특히 첫 이삼 년간 크게 반항했다. 적응하기가 힘들었다. 그러다 적응했다. 그러나 완벽하게 적응하지는 못했다. 어머니의 아파트에서 주말을 보내야 할 차례가 되었을 때가 특히 힘들었다. 그럴 때면 몇 시간이 몇 년처럼 느껴졌다. 무기력하게, 포로가 되어, 넝쿨째 말라 죽어가고 있었다. 철없는 또는 바보 같은 또는 쓰잘머리 없는 감정들. 그리고 그에 대해 내가 할 수 있는 건 아무것도 없었다.

나는 여섯 살 때부터 어머니가 싫었다. 그러나 어머니가 죽었으면 좋겠다고 생각한 적은 없었다. 나는 간병인들의 편의를 최대한 봐줬다. 나는 그들을 신뢰하고 싶었다. 나는 그들을 신뢰하는 것보다 더 나은 대처법을 알지 못했다. 어떤 면에서 나는 아무것도 몰랐고, 또한 이기적이었다. 나는 어머니를 다른 사람들이 돌봐주기를 원했다. 집안일과 잡무를 다른 사람들이 해주기를 바랐다. 이 새로운 상황에 대처하는 일이 내게는 커다란 벽처럼 느껴졌다. 간병인과 어머니의 관계, 우리 자매가 이 짐을 동등하게 부담하게 하는 법. 우리 중 누구도 최선의 방법이 무엇인지 알지 못했다. 우리는 그 방법을 찾으려고 노력했고, 그때그때 임기응변으로 대처했고, 최선을 다했다. 나는 내가 내 한계를 안다고 생각했다. 내게 한계가 주어져야만 한다고 생각했다. 그러나 한계와 경계는 지워졌고 세워졌고 다시 지워졌다. 기본적으로 상태가 불안정한 환자나 친구가 문제일 때는 그 무엇도 안정적일 수 없다. 그러나 나는 여전히 그러기를 바랐고 평형 상태를 기대했다.

우리 가족이 아직 미숙할 때는 모자가 어머니의 약상자를 채웠다. 그러나 모자는 실수로 어머니의 항경련제인 데파코트를 처방 용량의 두 배로 넣었다. 어머니는 움직임이 점점 느려지다가 결국 꼼짝도 못하게 되었다. 우리는 원인을 알아냈고, 그 후로는 뉴욕 언니와 내가 어머니의 약상자를 채웠다. 우리는 계속 주의를 기울였고, 미래의 장기근속 간병인도 그렇게 했다. 어머니의 약과 복용량은 어머니의 상태와 필요에 따라 달라졌다. 우리는 목록을 작성했고 계속 수정했다.

이 약 목록은 2005년도의 것이다(2005년 7월에 발작 증상을 완화하기 위해 데파코트 250밀리그램이 추가되었다).

아침식사:

레미닐 8밀리그램

다이아목스 125밀리그램

렉사프로 5밀리그램

라녹신 0.25밀리그램 반 알

나프록센 375밀리그램 (어머니는 끔찍한 두통 때문에 오랫동안 이 약을 복용하고 있었다. 닥터 A는 나프록센이 정상뇌압수두증의 발병을 늦춘 것은 아닌지 궁금해했다. 나는 두통이 정상뇌압수두증의 초기 증상은 아니었는지가 궁금했다.)

노바스크 5밀리그램

나멘다 10밀리그램

탕가닐 500밀리그램 (처방이 필요하지 않은 약, 어지럼증 때문에 구한 약으로 프랑스에서만 구할 수 있다. 내 친구 시도니가 파리에서 탕가닐을 우편으로 보내줬다.)

로라타딘(클라리틴의 복제약) — 격일로 10밀리그

램. 밤에 복용하는 베나드릴과 교대로 복용.

종합비타민 한 알

라이노코트 비강 스프레이, 양쪽 콧구멍에 한 번씩 뿌린다.

프레마린 연고— 면봉으로 콧구멍 안쪽에 바른다.

로코이드 연고— 콧구멍 바깥쪽에.

미란타— 4분의 3스푼, 필요하다면 한 스푼.

옵티바 점안액— 눈이 간지러울 때 양쪽 눈에 각각 한 방울씩.

점심식사:

나멘다, 다이아목스, 탕가닐을 같은 용량으로, 오메가3, 비타민C, 동충하초 700밀리그램 추가.

취침 전:

글루코사민 한 알

칼슘 1000밀리그램 한 알

베나드릴— 격일, 로라타딘과 교대로 복용.

라이노코트— 양쪽 콧구멍에 각각 한 번씩 뿌린다.

클레니아 연고— 콧구멍 바깥쪽.

바시트라신— 콧구멍 바깥쪽.

미란타 — 4분의 3스푼, 필요하다면 한 스푼.

옵티바 점안액 — 눈이 간지러울 때 양쪽 눈에 각각 한 방울씩.

잘라탄 — 양쪽 눈에 각각 한 방울씩(냉장 보관).

프레마린 연고 — 콧구멍 안쪽에, 코피가 났을 때만, 거의 사용하지 않았다.

아버지가 돌아가시고 플로리다에서 혼자 살고 있던 어머니는 1987년에 돼지의 판막을 이식받았다. 일반적으로 돼지 판막의 수명은 약 10년이다. 그러나 어머니가 이식받은 판막은 어머니가 죽을 때까지, 즉 20년간 유지되었다. 어머니의 내과의 닥터 A는 어머니가 워낙 활동성이 떨어진 덕분에 오히려 어머니의 판막이 더 오래 유지될 수 있었다는 사실을 깨달았다고 말했다. 다행이었다. 왜냐하면 어머니는 내게 그 수술을 한 걸 후회한다고 말했기 때문이다. 수술 후 통증이 너무나 심했고, 그 후로 약 일이 년간 어머니는 계속해서 그 수술을 받지 말걸 그랬다고 말했다. 뜻밖의 반응이었다. 어머니는 수술을 받지 않으면 어떤 위험을 감수해야 하는지 알았다. 그 수술을 받지 않았다면 정상적인 활동이 불가능했을 것이고 더 일찍 죽었을 것이다. 아마도 그때, 자신이 싫어

하는 플로리다에 여전히 살고 있었던 어머니는 죽고 싶었는지도 모른다. 적어도 살아 있고 싶지는 않았을 수 있다. 어머니는 그 뒤로도 계속 심장약 디곡신을 복용했다. 또한 후비루後鼻淚(postnasal drip)로 인해 어머니의 코가 매우 예민해졌고 코 안에 상처가 생겼다. 콧물이 끊임없이 흘러나왔는데, 그로 인해 콧구멍 안에 염증이 생겼다. 그래서 그렇게나 많은 코 관련 약들이 필요했던 것이다.

닥터 A는 어머니의 첨병, 어머니의 의료 행정관이 되었다. 어머니를 담당하는 다른 의사들과 연락을 취하고 협력해서 어머니의 처방약들이 서로 상충하거나 다른 문제를 일으키지 않도록 했다. 그런 일은 종종 일어난다. 노인 환자는 아마도 투약 부족보다는 투약 과다로 고통받을 가능성이 크고, 그로 인해 병이 악화될 수도 있다.

모자를 내보낸 뒤, 그 과정은 기억나지 않지만, 나는 깨달았다. 모자가 매주 자신의 큼직한 주말 가방을 음식으로 가득 채워서 집으로 가져갔다는 것을. (한번은 그녀의 환심을 사려고 모자의 생일에 고급스러운 프랑스 케이크를 샀고 200달러를 선물했다.) 우리는 모자가 집에 가는 주말마다 어머니를 돌볼 대체 간병인을 고용했

노인 환자는 투약 부족보다는 투약 과다로 고통받을 가능성이 크고, 그로 인해 병이 악화될 수도 있다.

다. 뉴욕 언니가 자주 그 주말을 어머니와 보냈고 나보다도 훨씬 더 자주 그렇게 했다. 이따금씩 나는 죄책감을 느꼈지만 대개 합리화했고 잊으려고 노력했다.

모자에게는 최저임금을 지급했으므로 모자가 집에 가져간 음식은 그녀에게 경제적으로 보탬이 되었을 것이다. 음식을 집에 가져가는 것은 옳지 않았다고 나는 생각했지만, 더 중대한 현실—우선 어머니를 돌보는 일, 그리고 경제적·사회적 불평등—을 고려하면 별일 아니었다. 우리 측에서 일부 원칙을 굽히고 있는 상황에서 엄격한 잣대를 고수할 수는 없었다. 이 상황에서 옳다고 할 만한 것은 아무것도 없었다.

잘못된 고용, 삐걱대는 관계가 몇 번 더 있었다. 그중 하나가 팻시였다. 팻시는 필리핀 출신의 몸집이 작은 예쁘장한 여자였다. 어머니를 죽도록 사랑하는 것처럼 보였다. 거만한 신경과 의사 닥터 Z와 매달 있는 진료일에 어머니를 모시고 가면 어머니와 팻시는 닥터 Z의 대기실 소파에 깊숙이 몸을 기댔다. 두 사람은 마치 다섯 살짜리 아이들처럼 소파에서 뒹굴면서 깔깔댔다. 나는 그걸 어떻게 받아들여야 할지, 어떻게 대처해야 할지 전혀 알 수가 없었다. 그래서 나는 아무것도 하지 않았다. 밤이면 팻시는 어머니를 위로하기 위해 어머니 침대에서 잤다. 다정한 행동 같았고 어머니도 좋아했지만, 알고 보니 팻시는 미친 여자였고 우리는 팻시를 해고해야 했다. 이것, 즉 팻시의 해고는 뉴욕 언니가 고용한 노인 돌봄 컨설턴트를 통해 이루어졌다. 컨설턴트는 말을 번지르르하게 잘했고 우리를 안심시켰지만, 그야말로 무익했다. 그러나 어쨌거나 팻시를 해고하는 일은 마음을 불편하게 했다. 사람을 해고하는 일은 항상 끔찍하다. 팻시는 상냥했지만, 약간 제정신이 아니었고 미친 여자였다. 팻시도 어머니의 실패한 첫 수술 후에 어머니의 대발작을 놓친 여자를 고용하게 했던 노인 돌봄 컨설턴트를 통해 고용했다. 노인 돌봄 컨설턴트는 그 여자가 어머니의 상황에 대한 특수 지식을 갖추고 있다고 했다. 그러니 어떤 일이 생길 수 있는지 알고 있었어야 했다. 그 여자는 대발작 증상을 알아보지 못했다.

노인 돌봄 컨설턴트의 회사는 휘황찬란한 이름이었는데, 어머니의 의사들과의 연락을 담당하기로 되어 있었고 우리가 사람 찾는 것을 돕기로 되어 있었다. 초기에 우리는 무엇을 해야 할지 막막했으며 몸과 마음이 매우 약해진 상태였다. 그 컨설턴트는 우리 앞에 놓인 너무나 많은 문제들을 대신 해결해줄 듯한 인상을 줬다. 그건 사실이 아니었고, 역설적이게도 컨설턴트가 보낸 사람들이 문제였다. 그리고 컨설턴트의 서비스는 엄청나게 비쌌다. 그녀가 어머니를 위해 고른 사람들은 무능하거나 제정신이 아니었으므로 그녀에게 그렇게 큰돈을 지급하는 것은 말이 안 됐다. 나는 어느 달엔가 컨설턴트가 청구한 비용이 1,600달러였다고 기억한다. 그녀는 모든 것에 대한 비용을 청구했고, 별걸 다 포함시켰다. 그 내역을 상세히 들여다보면 하나같이 사소하거나 쓸데없는 것들이어서 아무리 계산해봐도 그녀가 청구한 비용은 과도했다. 컨설턴트는 해고되었다.

11년 동안 나는 응급상황이나 가정 내 분쟁으로 인해 어머니의 아파트로 달려가야 했다. 어느 날 아침 나는 어머니 옆에 서서 어머니의 입에서 새빨간 피가 솟구쳐 나오는 걸 지켜봤다. 어머니를 어떻게 응급실로 데려갔는지 모르겠다. 택시를 탔는지, 구급차를 불렀는지 기억이 나지 않는다. 문제를 일으킨 원인이 무엇인지는 알았다. 타이레놀과 코데인을 같이 복용한 어머니는 구역감을 느꼈다. 나도 그럴 때가 있다. 어머니는 구토를 멈출 수가 없었다. 격렬하게 구토를 하는 바람에 어머니의 식도가 찢어졌다. 나는 그건 몰랐다. 그러나 닥터 A는 알았다.

어머니는 꼬박 하루를 병원에 머물면서 불필요한 검사를 받았다. 나는 담당 인턴에게 코데인이 문제라고 말했다. 어머니는 응급실 침대에 누워 있었다. 어머니와 나 둘 다 그로 인해 구토한 적이 있다. 인턴은 내 말을 무시하고 계속 불필요한 검사를 지시했다. 심지어 인턴 바로 옆 탁자에 놓여 있는 질병 백과사전에서 코데인의 부작용으로 가장 먼저 제시하는 것이 구토인데도 말이다.

어머니는 검사를 위해 어딘가로 실려 갔고, 그로부터 몇 시간이 지난 뒤 아무도 어머니를 찾지 못했다. 어머니는 병원 복도에 덩그러니 버려져 있었다. 나는 병원 복도를 이리저리 뛰어다니다가 정신이 혼미한 상태로 병원 들것에 외로이 누워 있는 어머니를 발견했다.

하염없이 계속되는 기운을 빼는 기다림. 병원에 있으면 기가 빨린다. 여기 갔다가 저기 갔다가. 사회복지사가 나와 뉴욕 언니를 자신의 사무실로 불렀고, 그곳에서 사회복지사는 뉴욕 언니를 혼란에 빠뜨린 질문들을 했다. 사회복지사는 우리를 평가하고 있었다. 우리가 어머니를 학대하고 있는지 조사하고 있었다. 실제로, 노인은 학대를 당하곤 한다. 그 누구도 예외는 아니다. 돈이 많든 적든 거동을 못 하는 사람은 누구나 가학적 인격의 사냥감이 될 수 있다. 그런 학대자로 의심받는 일은, 당연히 불쾌했다.

병원에서, 당신이 돌보는 환자가 병실에 있고 통증에 시달리고 있다. 신음소리를 내거나 울거나 뭔가 이상한 일이 일어난다. 그래서 당신은 간호사실로 달려가 당장 도와줄 사람을 찾는다. 아마 누구도 관심을 가지지 않을 수 있다. 그럼 당신은 도와달라고 소리를 지른다. 관심을 끈다. 통증으로 괴로워하는 사람을 보고 있노라면 체면의 모든 규칙이 깨진다. 그 호화로운 병실에서, 의사가 어머니를 봐주기를 기다리고 또 기다렸고, 어머니는 당장 치료가 필요했으므로 걱정은 커져만 갔다. 나는 영화 《애정의 조건》Terms of Endearment의 한 장면이 떠올랐다. 어머니 배역을 맡은 셜리 맥클레인은 딸을 연기한 데브라 윙거가 엄청난 통증으로 괴로워하는 모습을 지켜보다 완전히 미친 사람이 되어 간호사실로 달려간다. 간호사들을 향해 격노하며 딸을 도와달라고 비명을 지른다. 간호사 중 한 명이 나서서 딸을 돌보러 가고 나서야 맥클레인은 멈춘다. 맥클레인은 차분해지고 허리를 꼿꼿이 세우고 블라우스를 매만지고 자신을 토닥이면서 말 그대로 자신을 정리하고 정신을 차린다. 이런 몸짓은 완벽한 시각적 은유다.

나는 단언할 수 있다. 부모가 거동을 하지 못하게 되면 그 가족은 놀랍고 당혹스럽고 지속적이고 복잡한 문제들에 휩쓸린다. 이전에는 단 한 번도 대면하지 않은 문제들이다. 이런 새로우면서도 오래된 삶에 관한 사실들의 크기와 깊이와 영향력에 충격을 받을 것이다. 예측할 수 없는 끔찍한 사고가 발생하고 진단이 내려지며, 가족들은 조사에 나서거나 충동적으로 반응할 수도 있고 심사숙고하거나 공포로 인해 마비될 수도 있다. 종종 가족들은 입장 차이로 인해 와해된다. 자녀 중 한 명이 부모 돌봄을 전담하는 일이 잦고 그 자녀가 모든 부담을 젊어진다. 반면에 두 명 이상의 어른 자녀가 돌봄을 맡으면 엄청난 불만과 갈등이 쌓여서 정작 돌봄을 제대로 수행할 수 없게 될 수 있다.

부모와 형제자매 사이에서 형성된 경험적·심리적 관계는 암묵적이고 무의식적인 법칙을 만들어낸다. 이 모든 역사가 개인의 태도와 선택에 영향을 미친다. 그리고 그 결과 돌봄에 관여하는 모든 사람의 의욕을 꺾고 힘을 뺀다. 그동안 쌓인 감정들이 해석과 결정 속에 맴돈다. 지형은 험난하고, 이전 전쟁에서 남은 폭탄이 깊은 감정의 밀도에 의해 기폭된다. 가족 또는 친구들은 환자라는 대의를 위해 협력할 것이다. 아니면 분열하다 분해될 것이다. 많은 경우 그렇게 된다. 우리 자매들은, 우리 딸들은 서로를 놓지 않았고, 우리의 목표는 어머니를 가능한 한 오랫동안, 최대한 건강하게, 이 세상에 살아 있도록 하는 것이었다.

한 여자는 어머니와 거의 10년을 함께 살았다.

이 상황에서 단순한 것은 아무것도 없다. 다른 사람을 몇 년 동안 24시간 돌보다 보면 어쩔 수 없이 적어도 내가 한 번도 접하거나 예상하지 못한 방식으로 그 일을 수행하게 된다. 환자의 매일을, 몸을, 식사를 전담할 다른 누군가를 고용하는 것은 그 환자의 성인 자녀의 양심과 무의식을 콕콕 찌른다. 나는 준비가 되어 있지 않았고 무엇이 옳고 그른지 몰랐다. 내가 맞닥뜨리게 될 것이라고 단 한 번도 생각해보지 못한 상황에서 윤리적 쟁점들이 제기되었다. 흔히들 지금 이 순간을 사는 것이 어린이의 권리라고 말한다. 나는 다섯 살 때부터 임종과 죽음을 인지했지만 질병, 만성질환에 대해서는 생각하지 않았다. 우리 가족은 신체적으로 건강했다. 다행히 좋은 유전자를 타고났고 튀긴 음식을 절대 먹지 않았다. 정신건강 문제는, 그것은 완전히 다른 문제였다. 나는 알 삼촌을 치료하는 정신과 의사가 우리 가족의 주치의인 우드미어의 닥터 로빈스처럼 가정의인 줄로만 알았다.

때로는 버지니아 울프의 일기 글들이 떠올랐다. 하인들과 하인들의 감정, 아이들, 남편들, 요리, 능력, 그들의 실수, 임금, 요컨대 일반적으로 정의에 대해 느끼는 분노를 쏟아낸 글들. 간병인은 19세기의 하인이 아니라 서비스 제공자다. 그러나 어머니의 삶은 간병인의 삶과 단단히 얽혀 있었다. 그리고 역으로 간병인의 삶도 어머니의 삶과 단단히 얽혀 있었다. 어머니는 간병인에게 의지했다. 어머니가 간병인에게 더 많이 의지할수록 나는 더 행복해졌다. 더 많은 시간을, 자유를 얻었다. 나는 내 집에 머물 수 있었고, 글을 쓰거나 탈출할 수 있었다. 어머니의 아파트에서 멀어지면서 나는 어머니의 것이 아닌 공기를 마셨다. 그것이 곧 자유처럼 느껴졌다. 이상하게 들릴 수도 있다. 이상하게 들리지 않을 수도 있다.

자신을 고용한 사람의 집에서 사는 피고용인은 다른 노동자와는 완전히 다른 방식으로 그 가족의 습관에 의해 고통을 받고 혜택을 본다. 그리고 세입자와 집주인의 관계에는 봉건적인 측면이 있고, 그런 측면은 '함께 살기'의 심리적인 측면에 우선한다. 우리의 마지막, 그리고 가장 오랜 기간을 함께한 간병인은 어머니를 매우 잘 돌봤다. 어머니가 신체활동을 하도록 적극적으로 도왔다. 어머니를 극장, 영화관, 박물관에 모시고 다녔고, 매일 어머니와 외출했다. 매니큐어, 페디큐어, 미용실 약속을 잡고 모시고 다녔다. 어머니의 담당의와의 진료 일정과 정기 검진에 동행했고, 어머니의 모든 의사는 그녀가 어머니의 상태에 관한 상담 내용과 새로운 약의 처방 사실을 우리들, 어머니의 딸들에게 정확하게 전달할 것이라고 믿었다. 그녀는 신뢰를 받았다. 우리는 그녀를 신뢰했다.

프랜시스는 카리브해 출신의 인도계 여성이었다. 프랜시스는 시골에서 자랐다. 프랜시스는 뉴욕이 무서웠지만 어느새 뉴욕을 새로 사귄 친구처럼 대하게 되었다. 처음에 프랜시스의 임금은 바닥 수준이었다. 왜냐하면 불법 이민 노동자를 소개하는 인력중개업소를 통해 고용했기 때문이다. 처음에는 그에 대해 깊이 생각하지 않았다. 도움이 절박했기 때문이다. 나는 그런 입장, 불법 이민자의 입장이 되어 보지 않았다. 나는 그런 생각하기를 피했다. 프랜시스는 순진했고 교육을 받지 못했고, 우리가 프랜시스의 첫 고용인이었다. 프랜시스의 첫 고객을 굳이 포함한다면 두 번째일 수도 있다. 그는 혼수상태였고 프랜시스가 그를 돌보기 시작한 직후에 죽었다. 그녀 때문에 죽은 것은 아니었다.

우리가 프랜시스의 실질적인 첫 고객이었다. 프랜시스는 자신의 직업에 관한 게임의 규칙을 알지 못했다. 프랜시스는 돌봄 업무에 있어 초보였고 자신의 아이들을 돌본 경험이 전부였다. 나도 게임의 규칙을 알지 못했다. 적어도 가족이 따라야 하는 게임의 규칙에 대해 몰랐다. 우리는 모두 프랜시스의 필요와 선호에 맞춰 그때그때 규칙을 만들어가고 있는 듯했다.

프랜시스는 고향에 두고 온 아이들과 남편에게 돈을 벌어 보내려고 미국에 왔다. 이것은 우리가 사는 불공정한 세상에서는 흔한 일이다. 프랜시스의 방세, 식비,

전화비, 전기세, 인터넷비는 전부 무료였다. 캐롤라이나 언니가 프랜시스에게 컴퓨터를 사줬다. 프랜시스를 고용하는 동안 다른 혜택도 제공했다. 프랜시스의 아들이 미국에서 다닌 직업학교 학비도 그런 혜택의 하나였다. 프랜시스의 임금은 자주 인상되었지만 마지막까지도 주급이 640달러를 넘지 않았다. 유급 휴가가 1주 주어졌다가 2주로 늘어났고, 주말 휴가, 크리스마스 휴가, 새해 휴가, 그리고 추수감사절 휴가가 추가되었다. 추수감사절은 프랜시스에게는 아무 의미가 없는 명절이었지만. 뉴욕 언니는 나보다 훨씬 더 많은 주말을 어머니와 보냈다. 그래서 나는 대개 프랜시스가 휴가를 가거나 쉬는 날에 어머니를 돌봤다. 프랜시스의 휴가가 내게는 고역이었다.

†

특히 첫 몇 년 동안 어머니는 환각에 시달렸다. 어머니에게는 꿈이 현실처럼 느껴졌다. 어머니의 꿈 중 하나에서 어머니는 짐가방을 잃었다. 짐가방은 도대체 어디에 있는 걸까? 그리고 어머니는 며칠 동안 이 문제에 집착했다. 짐가방은 어디로 갔을까? 없어졌어. 너희가 어떻게 한 거야? 어머니는 점점 더 흥분했다. 그래서 내가, 짐가방은 없어지지 않았어요, 라고 말하면 어머니는 불같이 화를 냈다. 때로는 울음을 터뜨렸다. 기억 상실을 겪는 사람들이 보이는 전형적인 행동이다. 나는 짐가방에 어머니의 과거가 담겨 있다고 생각하게 되었다. 짐가방의 분실은 어머니의 과거의 분실을 상징한다고. 또는 그 짐가방에 어머니가 잃어버린 기억들이 들어 있다고.

가끔씩 어머니는 자신의 방에 남자가 있는 것을 보았고 겁에 질렸다. 어머니에게 그건 꿈이라고 말해봐야 소용이 없었다. 어머니의 말에 반박하는 것은 무의미했다. 비이성은 이성을 바보로 만들고, 어머니에게 남자가 거기에 없다고 말하는 건 실제로도 어리석었다. 비이성적인 사람에게 반박할 때 이성적으로 구는 건 멍청하다. 그 어떤 말로도 설득할 수 없기 때문이다. 무엇보다 이성적인 사고 능력을 일부 상실한 사람에게 이성적인 사고를 강요하려는 시도는 비이성적이다. 어머니의 반복된 질문들은 사람을 미치게 만들었다. 핸드백, 목걸이는 어디 있니. 짐가방은. 가장 슬픈 질문은 어머니의 남편, 내 아버지 네이선 틸먼에 관한 질문이었다.

첫 이삼 년 동안 어머니는 아버지가 죽었다는 사실

을 기억하지 못했다. 어머니는 아버지가 자신을 버렸다고, 집을 나갔다고 믿었다. 어디에 있니? 어머니는 묻곤 했다. 네이선은 어디 있어? 네 애비 어디 갔어? 아버지는 1984년에 돌아가셨다. 결국 나는 어머니에게 "아버지는 돌아가셨어요"라고 말하고, 어머니는 눈물을 쏟아냈다. 어머니가 받은 충격은 진짜였다. 어머니는 이렇게 말하곤 했다. "왜 내게 말 안 했어? 장례식이 있었다는 것도 몰랐는걸. 내가 장례식에 있었니?" 아버지가 돌아가셨다는 사실을 알게 될 때마다 어머니는 매번 똑같이 반응했다. 그러다 어머니의 뇌가 더 많은 기억을 되찾았고 어머니는 아버지가 돌아가셨다는 것을 알았다. 아버지가 다시는 돌아오지 않으리라는 것을. 어머니는 내내 아버지를 그리워했다. 아버지는 어머니의 평생의 사랑이었다.

어느 날 아침, 식사를 하면서 어머니는 뜬금없이 이렇게 말했다. "섹스가 그립네." 어머니와 살면서 나는 단 한 번도 어머니가 섹스에 대해 어떤 얘기도 하는 걸 듣지 못했다. 그런 것이 존재한다는 것 자체를 인정하지 않았다. 단 한 번도. 딱 한 번, 내가 결혼할 때 처녀가 아니면 나를 죽이겠다고 말한 걸 제외하면. 웃어넘길 수도 있는 일이지만 끔찍했다.

어머니는 이따금 이성이 돌아왔지만 한 시간 뒤에

는 다시 이성을 잃었고, 그래서 혼란스러웠다. 정신이 돌아왔을 때는 논리가 통하다가 다시 벗어났다. 가끔은 이쪽으로, 저쪽으로, 그러다 그 어디로도 통하지 않았다. 나는, 우리 모두는, 어머니에게 논리를 강요하지 않는 법을 배워야 했다. 소용이 없었기 때문이다. 어머니의 짜증이 쌓였고 내 짜증이 쌓였고 이해가 도출되지 않았다. 나는 '네'라고 말하고, 듣고, 고개를 끄덕이고, 어머니를 안심시키는 법을 배웠다. 그러면서 어머니가 언젠가는 잊어버리고 다른 것들에 대해 생각하고 말하기를 기다렸다. 어머니는 이름을 헷갈렸지만 그건 문제라고 할 수도 없었다. 어머니는 내 남편 데이비드를 "지미"라고 불렀다. 어머니의 정신이 맑을 때 나는 물었다. 왜 데이비드를 지미라고 부르세요? 어머니는 웃으며 말했다. "나도 모르겠구나."

뉴욕 언니는 자동차가 있었으므로 어머니를 식당이나 쇼핑몰에 모시고 다녔다. 어머니는 뉴욕 언니와 외출하기를 무척 좋아했다. 차를 타고 시내 도는 것을 정말 좋아했다. 훌륭한 레스토랑으로 모시고 가면 아주 좋아했다. 어머니는 아파트에서 벗어나는 것을 매우 좋아했다. 당연하다.

현대무용 공연을 무대에 올리는 조이스 극장에서 새 시즌을 공개하면 뉴욕 언니는 어머니와 자신의 이름으로 시즌 티켓을 샀다. 뉴욕 언니가 어머니를 차로 모시고 가서 8번 애비뉴에 있는 극장 바로 앞에 차를 세우면 조이스 극장에서 사람이 나와 어머니를 어머니 좌석으로 안내했다. 그동안 뉴욕 언니는 주차를 했다. 맨해튼에서 주차할 자리를 찾기란 결코 쉬운 일이 아니지만. 우리는 어머니에게 보인 친절에 대해 감사하는 편지를 극장 측에 보냈고, 극장은 그 편지를 사무실 벽에 걸었다.

때로는 프랜시스가 어머니를 모시고 조이스 극장으로 갔다. 프랜시스는 자주 어머니와 함께 연극의 낮 공연과 영화를 보러 갔다. 어머니의 청력이 갈수록 나빠졌으므로 정통 연극보다는 무용, 콘서트, 뮤지컬이 더 나았다. 프랜시스는 어머니와 너무나 많은 것을 함께 했고 어머니에게는 반드시 신체활동이 필요했다. 그렇지 않으면 어머니는 푹신한 안락의자에 앉아 TV를 보거나 책을 읽으면서 근육을 점차 잃었을 것이다. 노인에게는 신체활동이 필수적이다. 실제로 그들의 생존은 신체활동에 달려 있다.

몇 년 동안 프랜시스와 어머니는 웨스트 23번 스트리트에 있는 YMCA의 회원이었고 함께 수업을 들었다.

한 젊은이가 운동 수업을 가르쳤고 남자를, 특히 잘생긴 남자를 좋아하는 어머니는 그 젊은이를 보자마자 얼굴에 화색이 돌곤 했다. 어머니가 더 이상 YMCA로 갈 수 없게 되었을 때 그 젊은이를 어머니 아파트로 불러 돈을 주고 운동 수업을 가르치게 했다. 가끔 나도 그곳에 있을 때는 수업을 지켜봤다. 어머니가 팔을 들어올려 흔드는 동작에는 내가 상상했던 것보다 훨씬 더 많은 노력이 들었다. 그러나 어머니는 열심히 했다. 어머니는 성공하고 싶어 했다. 젊은이에게 인정받고 싶어 했다. 어머니는 운동에 소질이 있었고 80대 후반까지도 발걸음이 빨랐다. 체력과 끈기가 있었다. 그러나 여전히 노력을 들여야 했다. 그리고 나는 몸이 어떻게 쇠약해지는지를 직접 목격했다.

나는 테니스 치는 걸 포기했고 달리는 것도 그만둔 그런 사람이었으므로 어머니를 지켜보며 정신이 번쩍 들었다고 말하고 싶지만, 엄밀히 말해 정신이 번쩍 들지는 않았다. 나는 신체를 움직이지 않는 것의 부작용을 의식하게 되었지만, 어느 정도는 모르는 척했다. 나는 많이 걸었다. 그리고 그걸로 충분하다고 스스로에게 말했다.

그러나 언젠가 의사에게 점점 나이가 들 텐데 그런 면에서 하면 가장 좋은 것이 무엇인지 물었다. 그는 말했다. "스트레칭이요." 그때는 스트레칭을 하지 않았지만, 지금은 한다. 생물학자 스티븐 제이 굴드는 그런 질문을 받았을 때 이렇게 말했다. "매년 독감 예방주사를 맞으세요." 나는 매년 독감 예방주사를 맞는다. 어머니의 내과의는 프랜시스에게도 독감 예방주사를 놓았고, 프랜시스를 환자로 대우하고 진찰하거나 건강에 관한 조언을 하거나 필요하면 약을 처방했다. 프랜시스는 건강했다. 다소 과체중이기는 했지만. 시간이 지나면서 프랜시스는 더 건강하게 먹게 되었다.

우리가 짧게 고용한 대다수 간병인은, 즉 프랜시스 이전에 고용한 간병인들은 어머니와 적극적으로 어떤 활동을 하는 일이 거의 없었다. 어머니를 모시고 밖에 나가기를, 어머니와 함께 외출하기를 내켜하지 않았다. 프랜시스는 처음에는 이런 큰 도시에서 살기가 겁이 났을 수도 있고 대도시를 돌아다니기가 불안했을 수도 있다. 그러나 그녀는 그런 두려움에 굴복하지 않았다. 프랜시스는 어머니가 가고 싶어 하는 곳이라면 어디든 함께 다녔다. 어머니를 미용실에 모시고 가서 머리를 하고 매니큐어를 칠했다. 두 사람은 동네 공원으로 나갔다. 그곳에서 어머니는 새를 관찰했고, 봄과 여름에는 꽃을 감상했다. 나는 프랜시스가 그런 외출을 즐겼다고 믿는다.

프랜시스가 내게 그렇게 말한 적은 없다. 그러나 불평을 한 적도 없다. 프랜시스는 자신이 맡은 일을 잘 해냈다.

어머니와 살기 시작한 지 약 1년 정도 지났을 때 프랜시스는 남편이 다른 여자를 만난다는 사실을 알게 되었다. 그녀는 절망했고 믿음이 흔들렸고—프랜시스는 가톨릭 신자였다— 깊은 상처를 받았다. 남편의 배신은 프랜시스를 무너뜨렸다. 그것도 내가 알 수 없는 방식으로, 내 이해를 훨씬 뛰어넘을 만큼. 프랜시스의 분노는 종종 엉뚱한 곳을 향했고 정해진 목표물이 없었다. 어떤 의미에서 나는 프랜시스가 우리 탓을 했다고 생각한다. 어머니를 위해 일하지 않았다면, 아이들을 위해, 아이들에게 더 나은 삶을 주기 위해 여기로 오지 않았다면, 프랜시스와 남편이 함께 한 그 결정이 아니었다면 프랜시스의 남편은 한눈을 팔지 않았을 것이다. 만약 경제적 불평등으로 인해 어쩔 수 없이 이런 상황에 놓이지 않았다면 프랜시스의 남편은 여전히 그녀의 남편이었을 것이다. 그건 사실일 수도 있다. 그리고 우리는 프랜시스를 고용할 경제적 여유가 있었으므로 우리도 이 끔찍한 결과에 가담한 것이었고 그 시스템의 혜택을 보고 있는 것이었다.

어머니가 교정술을 여러 번 받는 과정에서 복부에 흉터 조직이 너무나 많이 생겼다. 그래서 뇌척수액이 튜브에서 복부로 원활하게 배출되지 않았고, 또다시 고장이 났다. 닥터 A는 튜브를 목정맥으로 넣어 뇌척수액을 심장으로 배출시켜야 한다고 우리에게 말했다. 그는 어머니와 우리에게 설명했다. 감염증이 발생하면 심장도 감염되어서 사망하게 될 거라고.

어머니는 의료 문제를 대할 때는 냉철했고 의지가 강했고 침착했다. 자신의 의료 문제도 예외가 아니었다. 내가 어렸을 때, 양엽 폐렴에 걸려 고열에 시달릴 때에도 주치의는 내가 집에 머물도록 허용했다. 어머니가 나를 잘 간호할 것이라고 신뢰했기 때문이다. 어머니는 질병을 매우 잘 다뤘고 진단도 잘했다. 어머니는 이를테면 피부에 뭐가 난 걸 보면 그게 왜 났는지 곧장 말해줄 수 있었다. 아니면 그건 의사에게 보여주는 게 좋겠다고 말했다.

어머니는 피부 밑을 지나는 튜브를 목정맥으로 넣어 심장과 연결시키는 그 마지막 교정술을 받는 데 동의했고, 삶이 없이 살아가느니 죽을 위험을 감수하기로 했다. 어머니는 정신이 맑을 때는 어려운 결정이라도 정면 돌파했다. 현명하다고 나는 생각했다. 식물인간이 되기보다는 죽음을 선택한 것이었으므로.

내가 십대에 들어섰을 무렵 어머니는 인우드에 있는 지역센터에서 개설된 그림 강좌에 매주 참석하면서 그림을 그리기 시작했다. 언니들은 더 이상 우리와 함께 살지 않았다. 대학을 다니거나 도시에서 일하느라 집에 오는 일이 거의 없었다. 어머니는 자신에게 쓸 수 있는 시간이 더 많아졌다. 학교가 끝나면 나는 어머니와 단둘이 있을 때가 많았다.

인우드는 이른바 파이브 타운스Five Towns 중에서 '가난한' 타운이었다. 그 타운 주민들은 대개 아프리카계 미국인이나 이탈리아계 미국인이었다. 하층민 내지는 중하층민들, 예컨대 내가 자란 타운에서 가정부, 배관공, 정원사로 일하는 사람들이었다. 동네와 학교를 통해 인종, 종교, 계급에 의한 엄격한 구획이 철저히 적용되고 있었고, 나는 열 살이 될 때까지, 그해에 걸스카우트 캠프에서 2주를 보내기 전까지는 이 점을 알아차리지 못했다. 왜인지는 모르겠으나 나는 메리트 배지merit badge〔걸스카우트 활동 기간에 특정 기술의 교육 프로그램을 이수하고서 그 기술을 익혔음을 검증받으면 받을 수 있는 배지〕가 받고 싶었다. (최근 나는 실비아 플라스Sylvia Plath〔1932~1963, 미국 출생의 시인이자 작가)가 성실한 걸스카우트였고 그녀도 배지를 받고 싶어 했다는 것을 알게 되었다.) 그 캠프의 인구 집단 구성은 내가 사는 동네와는 달랐다. 54명의 소녀들 중에 유대인은 나 하나뿐이었다. 그 후로 나는 계급과 인종에 따른 구분을 의식하기 시작했다. 집으로 돌아간 나의 삶이 달라졌다. 그런 차이로 인해 그 삶을 다른 눈으로 바라보게 되었다.

어머니가 지역센터에, 인우드에, 그림 수업을 받으러 가는 것은, 즉 지역센터의 사회복지사와 사회복지 서비스를 받는 사람들과 사귀는 것은 어머니가 눈에 보이는 그리고 보이지 않는 선을 넘었음을 의미했다. 그곳에서 어머니와 친하게 지낸 친구 프레드는 아프리카계 미국인 사회복지사였다. 프레드는 호탕한 사람이었다고 기억한다. 그리고 한쪽 다리를 절었다.

어머니는 정식 교육을 받지 않았지만, 재능 있는 아마추어 화가였다. 어머니의 첫 작품은 유명한 화가의 그림, 반 고흐의 노동자 신발 그림들을 그대로 베낀 것이었다. 어머니의 작품들은 대개 사실적이고 상징적이었다. 오렌지색 고양이. 로맨스 여주인공처럼 꾸민 내 초상화. 마네 작품을 똑같이 따라 그린 것. 마네의 어느 작품이었는지는 잊었다. 그러나 아버지가 돌아가시고 난 뒤로

어머니는 정식 교육을 받지 않았지만, 재능 있는 아마추어 화가였다. 사진은 밥 로스.

는 더 이상 그림을 그리지 않았다. 아버지는 어머니의 그림들에 칭찬을 아끼지 않았다.

그러다 어머니는 환자가 되었다.

션트가 제대로 작동을 해서 어머니의 상태가 좋아졌을 때 어머니의 신체 기능이 돌아와서 그림을 그릴 수 있게 되자 어머니는 다시 그림을 그리기 시작했다. 이제 어머니의 그림은 추상적이었다. 어머니는 "고양이를 그릴 거야"라고 말하고는 고양이와 조금도 닮지 않은 것을 그렸다. 적어도 고양이는 아니었다. 눈동자였다. 안쪽은 온통 하얀색, 하얀색 덩어리였다. 어머니의 마음이 보는 것이었다. 달리 말하면 어머니의 뇌가 보는 것이었다.

그런 변화는 흥미로웠고, 연구할 가치가 있었다. 그래서 나는 사진을 찍었다. 나는 그 사진을 닥터 A에게 보여드렸다. 그림을 그리고 뜨개를 하겠다는, 다시 배우겠다는 어머니의 의지는 가히 존경받을 만했다. 어머니의 회복탄력성은 존경받을 만했다. 그리고 희망을 줬다. 어머니는 그런 면에서 독특했다. 어머니는 스스로를 돕는 사람이었다.

프랜시스가 어머니와 살기 시작한 지 약 3년쯤 지났을 때 물건들이 사라지기 시작했다. 뉴욕 언니가 스웨터 한두 개, 모조 보석 장신구 하나, 귀중품은 아닌 것들이 사라졌다는 걸 눈치챘다. 프랜시스의 친구가 가져갔을 수도 있고, 제자리에 돌려놓지 않아서 못 찾았을 수도 있다. 프랜시스가 어머니와 살기 시작했을 때 프랜시스의 친구들이 많이 놀러 왔다. 사소한 물건들이 사라졌다. 나는 신경 쓰지 않았다. 어머니를 돌보는, 훨씬 더 어려운 문제에 비하면 나머지 것들은 전혀 중요하지 않았기 때문이다. 그리고, 게다가, 프랜시스는 어머니를 성실히 잘 돌봤다. 어머니는 그동안 어머니를 돌본 다른 여자들과는 달리 프랜시스에 대해서는 불평하지 않았다.

포크와 나이프가 사라지곤 했다. 나는 그 사실을 언

급하지 않았다. 어느 날 저녁 프랜시스가 내게 말했다. "전 식기류를 내다 버려요." 프랜시스는 마치 그런 행동이 자신의 기벽 중 하나인 양 툭 내뱉었다. 프랜시스는 내 쪽을 보지 않고 무덤덤하게 말했다. 프랜시스는 싱크대 앞에 서 있었다. 프랜시스는 나이프, 스푼, 포크를 쓰레기통에 버리곤 한다고 말했다. 그냥 그렇게 한다고 말했다. 그러나 식기류는 다시 채워 넣어야 했고 그렇게 하는 데는 돈이 들었다. 프랜시스는 굳이 말하지 않았다. 다시는 그러지 않도록 노력하겠다고. 무슨 일이 벌어지고 있는지, 왜 프랜시스가 그런 터무니없는 행동을 하는지, 아마도 그 문제를 더 끈질기게 파고들었어야 했는지도 모른다. 그러나 나는 그걸 프랜시스의 기벽으로 받아들였다. 모든 사람이 조금은 미쳤으니까. 그리고 나는 프랜시스를 신뢰했다.

프랜시스의 친구들은 어머니의 다이닝룸 구석 오목한 곳에서 함께 점심식사를 하곤 했다. 어머니 아파트에서 자고 그곳에서 샤워를 했다. 프랜시스의 아이들이 찾아와서 프랜시스의 방에서 한두 주 머물기도 했다. 우리는 프랜시스의 첫째딸 결혼식 비용을 댔다. 우리가 할 수 있는 한도 내에서 할 수 있는 일을 했다. 프랜시스의 첫째딸은 어머니 아파트 옆 블록에 있는 성당에서 결혼했다. 프랜시스는 성당 일에 열심히 참여했다. 성당 성가대의 지휘자와 지휘자의 아내는 프랜시스가 새로 사귄 친구들이었다. 나중에 두 사람은 어린 딸을 데리고 프랜시스와 어머니를 찾아오곤 했다. 두 살치고는 키가 꽤 커서 다섯 살로 보이는 그 어린 여자아이를 어머니는 무척 예뻐했다. 그 여자아이는 아파트에 들어서자마자 어머니에게 달려들곤 했다. 그 아이에게 열렬한 관심을 받는 것을 어머니는 무척 좋아했다.

†

초창기에 우리 딸들은 어머니를 가장 잘 도울 수 있는 방법을 찾기 위해 노력했다. 어머니는 의학적으로 특이한 사례로 분류되었다. 오래된 질병에 대한 새로운 연구 결과가 나왔을 수도 있다.

우울한 실패담 하나. 나는 노화와 치매를 연구하는 연구팀에 어머니를 모시고 가서 평가를 받았다. 어머니의 병원과 협력관계에 있는 연구팀의 사무실은 우중충한 지하실에 있었다. 재정 지원을 충분히 받지 못하고 연구가 충분히 진행되지 않은 프로젝트라는 사실을 확실히 알 수 있었다. 당시에 노화 분야 자체가 그랬고, 지금도 여전히 그렇다.

그들은 어머니를 검사하고 영상을 찍었다. 어머니는 완벽한 정상뇌압수두증 환자 후보가 아니었다. 어머니의 걸음걸이가 단 한 번도 표준적인 정상뇌압수두증 환자의 걸음걸이 같지 않았기 때문이다. 어머니는, 연구팀의 말을 빌리자면, 어떤 검사 결과는 잘 맞았고 어떤 검사 결과는 잘 맞지 않았다. 어머니를 여러 번 모시고 갔지만 어머니의 검사 결과는 연구팀이 규정한 정상뇌압수두증의 변수 기준을 충족하지 않았다.

연구원들은 무미건조하고 무심한 남자들이었다. 그들은 어머니를 연구 대상으로만 봤다. 뇌 손상은 어머니를 놀라울 정도로 순종적으로 만들었다. 어머니는 원래 공격적일 때가 많았지만, 이제는 그렇지 않았다. 그들이 어머니에게 해달라고 요청한 것—일직선으로 똑바로 걷기, 제시된 단어들 기억하기—을 하려고 어머니가 애쓰는 모습에 가슴이 저려왔고 심지어 한숨이 나오기까지 했다. 어머니가 그들의 이론을 입증하거나 부정하는 한에서만 그들에게 중요했기 때문에 더 그랬다. 그들은 어머니가 정상뇌압수두증 환자라고 생각하지 않았다.

어머니가 더 잘 걷게 되었을 때, 간병인과 극장을 찾

거나 자신의 생일파티에서 입을 정장—연한 핑크색이었다—을 사려고 버스를 타고 블루밍데일 백화점에 가거나 농담을 하거나 그림을 그리거나 책을 읽을 때, 어머니가 의학적 기대를 뛰어넘는 수준으로 기능을 회복했을 때 나는 어머니를 모시고 그 무심한 연구원들 앞에 다시 나타나는 상상을 했다. 어머니는 그들이 자신들이 무엇을 봤는지 전혀 몰랐다는 사실을, 누군가를 검사하는 법을 전혀 몰랐다는 사실을 확인시켜주었을 것이다.

그건 판타지로 남았다. 그 거만한 신경과 전문의 닥터 Z를 상대로 소송을 제기하고 싶다는 생각이 그러했듯이.

어떤 날은 모든 사람에게 소송을 걸고 싶었다. 신이 버린 욥만큼이나 불쌍한 나, 왜 이런 일이 일어나야만 했을까. 인생에게 사기당한 느낌. 그렇다. 나도 불쌍하고, 모든 사람이 다 불쌍하다.

야생에서는 단 한 번도 보지 못했다
자신을 불쌍히 여기는 생명을.
작은 새가 얼어 죽은 채 나뭇가지에서 떨어진다
단 한 번도 자신이 불쌍하다 여기는 일 없이.

— D. H. 로런스

내 생각에는, 삶을 지속하기 어려울 때가 매우 잦았을 것이다. 자기 연민이라는 사치를 부릴 수 없었다면 말이다.

— 조지 기싱

뇌는 새로운 세포를 키운다. 척수액이 션트를 통해 배출되는 상태에 따라, 대략적으로 말하자면 매시간 어머니의 신체와 정신 상태가 달라졌다. 어떤 날들은 놀라울 정도로 정신이 말짱했다. 어떤 날들은 그렇지 않았다. 어떤 날들은 더 잘 걸었다. 우리는 그런 차이가 뇌척수액의 흐름과 관련이 있다고 짐작했다. 션트가 삽입되기 전, 그리고 션트가 제대로 작동하지 않을 때 받은 압력으로 인해 어머니의 뇌 일부는 영구적인 손상을 입었다. 션트가 고장 나면 어머니의 모든 증상이 돌아왔고, 교정하지 않으면 어머니의 뇌 전부가 영구적인 손상을 입게 될 것이었다.

거만한 신경과 전문의 닥터 Z는, 지금은 고인이 되었는데, 우리가 걱정을 표하면 웃어넘기면서 션트가 아주 잘 작동하고 있다고 말했다. 션트는 전혀 작동하지 않고 있었는데도 말이다. 의료 과실로 닥터 Z에게 소송을 걸었어야 마땅했는지도 모른다. 그러나 당시에는 그런 소송이 우리의 시간을 빼앗고, 점점 약해지는 우리의 영혼과 에너지를 더 약하게 만들 거라고, 그리고 버틸 수 없을 정도로 우리를 짓누를 것이라고 생각했고, 뉴욕 언니에게도 그렇게 말했다. 내가 틀렸을 수도 있다. 소송을 했어야 했는지도 모른다. 그러나 닥터 Z는 죽고 없다.

어머니는 신경외과 수술의가 소속된 병원과 협진 관계에 있는 새 신경과 전문의 닥터 D와 진료 예약을 했다. 처음에 닥터 D는 어머니가 나아질 거라고 믿지 않는 것처럼 보였다. 닥터 D의 첫인상은 침울했고 심지어 음침하기까지 했으며 딱히 어머니에게 관심을 보이는 것 같지 않았다.

두 번째인가 세 번째 방문 때 어머니는 정신이 완전히 흩어져 있었다. 말을 전혀 하지 않았고 의식이 또렷하지 않았다. 이것은 어머니가 세 번째 교정술을 받고 유독 상태가 안 좋았던 때의 일이다. 캐롤라이나 언니가 바로 내 옆에, 닥터 D를 마주보고 앉아 있었다. 그즈음 언니는 매 6~8주마다 어머니와 주말을 보내고 있었다.

나는 물었다. "뭔가 해주실 수 있는 게 없나요? 뭐라도 좋아요. 뭔가 시도해볼 만한 게 있지 않을까요?"

어머니가 거동을 전혀 하지 못했던, 일종의 반혼수 상태에 있던 그 8개월은 절박한 시간이었다. "어머니의 뇌가 좋아질 수 있게 도와주는 약은 없어요?" 닥터 D는 생각에 잠겼다. 실제로 이마에 주름이 잡혔다. "리탈린을 써보죠." 그는 말했다. "노화하는 뇌를 활성화할 수 있다고 하니까."

2주 동안 리탈린을 복용한 어머니는 다시 말을 하기 시작했다. 어머니를 모시고 닥터 D를 보러 갔을 때 어머니의 너무나 달라진 상태에 닥터 D는 크게 놀랐다. 어머니가 다시 생기와 유머를 찾은 것을 보자 닥터 D는 어머니에게 장난을 걸었고 어머니는 응수했다. 어머니는 남자를 좋아했다.

환자를 돌보는 사람은 의사, 간호사, 병원으로부터 최선의 서비스를 받아내는 데 핵심적인 역할을 한다. 반드시 저돌적으로 나가야 한다. 당신이 돌보는 환자는 스스로를 보호하거나 자신의 이익을 지킬 수 없다. 당신이 직접 조사하고, 의사로 하여금 다른 치료법, 전략, 아이디어를 찾고 시도하도록 유도해야 한다. 노인 환자는 특히나 의학계에서 가망이 없는 짐짝으로 여겨진다. 모든 의사가 노인 환자를 무시하는 것은 아니지만 그런 의사들도 있다. 노인 환자는 절망적일 수 있다. 상태가 나아지지 않는 경우가 많다. 상태가 좋아져서 더 나은 여생을 사는 노인 환자도 있지만.

나는 글을 쓸 수 있는 시간을 사수했다. 글을 쓸 수 있을 때마다 글을 썼고, 시간을 탈취당하면 패배감을 느꼈다. 이것은 지극히 인간적인 반응이라는 점에서 용서받을 수 없으면서도 용서받을 수 있는 반응이었다. 나는 집에서 글을 썼으므로 성인용 기저귀 팩과 샴푸를 사거나 처방약을 받아서 어머니 아파트에 가져다줄 수 있는 딸이었다. 다행히 언니들은 내가 어머니에게서 벗어나 나만의 시간을 필요로 한다는 것을, 한 달 남짓을 예술가와 작가들의 안식처인 맥도웰에서 보내야 한다는 것을 이해했다. 나는 맥도웰에 여러 차례 펠로우, 즉 객원 자격으로 초대받았고, 아무런 방해를 받지 않고 글을 쓰는 사치를 부여받은 것에 대해 말로 표현할 수 없을 정도로 감사했다. 나는 언니들, 그리고 어머니의 상주 간병인과 계속 연락을 주고받았다. 매일은 아니어도 아마 이틀에 한 번 정도. 나는 어머니의 아파트에 있지 않았다. 내 몸은 그곳에 있지 않았고, 그것은 자유였다. 나는 그 어떤 전화 연락도 받고 싶지 않았다. 나로 하여금 맥도웰을 떠나게 할 전화 연락을 받을까 봐 두려웠다.

나는 일주일에 한 번씩 정신과 의사 닥터 G에게 전화를 걸어 혼자 조용하게 사적인 통화를 할 수 있는 사무실 바닥에 누운 채로 상담을 했다. 닥터 G는 어머니가 병을 얻은 지 얼마 되지 않았을 때 내 삶에 들어왔다. 어머니를 돌보는 일, 어머니의 일상적인 필요를 충족시키는 일, 변화무쌍한 낮과 밤, 그리고 어머니를 돌보는 일에 대한 우리 자매의 견해 차이, 우리 자매가 어머니에 대해 느끼는 감정 차이로 인해 생기는 압박감이 나를 미치게 했다. 나는 잠이 오지 않았다.

어머니의 운명은 엄청난 구속이었지만 끝이 있는 것이었다. 나는 스스로에게 상기시켰다. 그러나 매일매일 어머니의 건강과 기분, 신입 또는 기존 피고용인에 관한 지루한 논의가 이어졌다. 가장 기이했던 것은, 내가 결코 그런 일상에 완벽하게 익숙해지지 않았다는 것이다. 나는 그저 더 잘 대처하게 되었을 뿐이다. 같음과 다름, 예측 가능성은 예상할 수 없었고, 예측 불가능성은 예상할 수 있었다. 어머니를 돌보는 일상은 당신이 한때 당신의 삶이라고 불렀던 것과 늘 어긋나 있었다.

이 일을 전문적으로 하는 사람들은 수명이 상대적으로 더 짧다. 돌봄에 필요한 노동과 인내심, 긴 근무 시간은 사람을 지치게 한다. 시간이 천천히 흐른다. 정체된 것처럼, 멈춘 것처럼 보인다. 그리고 시간은 사람들에게 있거나 없는 것이다.

우리 자매들은 모두 어머니에게 시간을 내줘야 했

다. 우리가 사는 방식을 바꿔야 했다. 뉴욕에 사는 언니와 나는 근처에 살았고, 그래서 더 자주 불려갔다. 나는 어머니에게 대체로 연민을 표했지만, 그럴 때마다 시간 외의 것, 내 정서 건강을 희생해야 했다. 어머니의 곤경이 내게는 짐이 되었기 때문이다. 그것은 우리 모두에게 짐이 되었다.

내가 놓치지 않고 포착한 아이러니는 정작 어머니는 타인의 감정을 배려하지 않는 사람이었다는 것이다. 가까운 친구들은 내가 내 감정에 대해 이야기하지 않는다고, 불평하지 않는다고 말했다. 나는 모범적인 병사였지만, 비참했다. 어머니를 돌보는 문제에 대해 얘기해도 아무런 위안을 얻지 못했다. 연민은 내게 도움이 되지 않았고 오히려 스스로를 더 불쌍히 여기게 되었다.

너무나 많은 문제가 있었지만 바꿀 수 있는 건 아무것도 없었다. 어머니의 상태는 좋아지거나 좋아지지 않을 것이었고, 시간이 걸릴 것이었고, 어머니는 머지않아 죽을 것이었고, 어머니의 미래는 예측 불가능했다. 모든 사람의 미래가 예측 불가능하지만, 우리 가족의 미래는 어머니의 미래에 구속되어 있었다. 이런 상황이 얼마나 더 오래 지속될 것인가.

다르게 대처하거나 다른 행동을 취할 수 있었을 것

이다. 아마도.

어머니를 요양원에 보낸다. 내 심리상담사는 계속해서 우리가 어머니를 요양원에 보내야 한다고 말했다.

나는 내면의 압력과 외부의 압력에 굴복했다. 좋은 딸이 되어야 한다는, 좋은 동생이 되어야 한다는. 어떤 날은 기분이 괜찮았다. 어떤 날은 내 초활성화된 초자아에 절망했다.

남편 데이비드는 음악가다. 많은 밴드에서 베이스와/나 튜바를 연주한다. 어느 날 남편은 한낮에 메트로폴리탄 클레즈머 밴드와 실외에서, 에이브 레베월 공원에 있는 세인트 마크 교회 앞에서 연주하고 있었다. 5월의 어느 화창한 날이었다고 생각한다. 어머니가 아프기 전 일이다. 어머니는 그 연주회에 참석했다. 연주가 전부 끝났을 때 어머니는 데이비드에게 다가가서 말했다. "자네 악기는 멜로디를 연주하지 않더군." 또한 자기는 클레즈머 음악Klezmer music(이디시어를 사용하는 동유럽 유대인들의 흥겨운 기악 음악)을 좋아하지 않는다고도 말했다.

어머니는 직설적이었고 심지어 일관되게 무례했다.

어머니의 일관성—자녀에게는 부모의 일관성이 중요하다— 덕분에 나는 실제 내가 타고난 것보다는 덜

신경질적인 사람이 되었다.

데이비드는 싱어송라이터 노라 요크Nora York의 밴드에서 오랫동안 연주했다. 그래서 노래 교습도 하는 노라는 어머니에게 개인 레슨을 제공하는 데 동의했다. 노라는 데이비드와 오랫동안 음악적 관계를 유지했으므로 베이스 연주자로서 데이비드를 깊이 신뢰했다.

어머니는 늘 자신이 오페라 가수나 다름없다고 자부했다. 어머니는 자신에 대한 환상을 몇 가지 가지고 있었는데 그중 하나가 자신이 완벽하다는 것이었다. 어머니는 내게 예수는 완벽하지 않다고도 말했다. 예수가 "너무 완벽하다"는 것이 그 이유였다. 어머니의 논리는 언제나 어머니에게 유리하게 작용했다. 때로는 어머니의 흔들리지 않는 나르시시즘을 부러워할 수밖에 없었다.

정확하게 노래하기 위해 정확한 호흡법을 배우는 것은 어머니의 균형감각과 걷기에 도움이 되었다. 노래 레슨의 예측하지 못한 긍정적인 효과였다. 호흡은 균형감각에 영향을 미친다. 당연한 얘기지만.

한번은 밴드 연주가 끝난 뒤 노라가 내게 아주 진지하게 말했다. 내 어머니를 가르치면서 나를 더 잘 이해하게 되었다고. 노라는 이유는 말하지 않았다. 그러나 그녀는 연민을 담은 눈으로 나를 바라보았다. 나는 노라가 어머니의 심술과 이기심을 목격했다는 걸 이해했다. 실제 무슨 일이 있었는지는 훨씬 나중에야 알게 되었다.

어머니가 이용하는 서비스 중에는 스웨디시 마사지도 있었다. 마사지 치료사는 실제로 스웨덴 출신이었고 레즈비언이었다. 그리고 자신이 레즈비언이라고 밝혔다. 이건 2000년 즈음의 일이었다. 그녀는 일주일에 한 번씩 어머니에게 마사지를 제공했다. 어머니는 척추관절염을 앓고 있었다. 어머니는 마사지 치료사가 레즈비언이라는 사실을 알게 되자 언짢아했다. 어떤 사람이 흑인이라서 또는 유대인이라서 또는 동성애자라서 그 사람을 싫어한다면 그건 끔찍한 선입견이에요, 나는 어머니에게 말했다. 어머니는 이해했다. 금방 이해했다. 그리고 즉시 태도를 바꿨다. 실로 놀라웠다.

어머니의 아파트를 찾아가면 문 닫힌 어머니 침실에서 웃음소리가 터져 나오는 것을 듣곤 했다. 어머니는 마사지 치료사를 아주 좋아하게 되었다. 어느 날 오후 어머니는 내게 마사지 치료사가 결혼한다고, 그 커플은 레즈비언이라고 말했다.

어머니는 기이한 생명체였다. 속이 좁았고, 화가 나 있었고, 마음을 여는 일이 없지는 않았지만 거의 없었고, 학습 능력이 뛰어났다. 어머니는 '경청'과는 거리가 멀었다. 어머니는 똑똑했고 자신의 신경증을 결코 인정하지 않았으며 어머니가 아주 어릴 때 일어난 일들에 의해, 내가 전혀 알지 못하는 일들에 의해 어머니의 성격은 뒤틀려 있었다. 어머니는 마치 자신에 대해 말하듯 자신의 어머니에 대해 말했다. 어머니의 어머니는 완벽했다. 둘 다 완벽하지 않다는 것은 누가 봐도 자명했다. 어머니의 어머니, 즉 외할머니에 대해 내가 아는 일화는 하나뿐이고 그 일화는 어머니가 쓴 이야기에 나온다. 나는 외할머니에 대한 기억이 없다. 아니, 있다. 다만 그 기억은 오직 8밀리 영상에서 본 장면으로부터 기인한다. 어머니가 쓴 이야기, 미완성작인 그 이야기는 우리 고양이, 놀라운 그리젤다의 입양에 관한 이야기다.

> "우리 집 뒷마당에는 언제나 고양이 또는 새끼 고양이가 있었다. 우리 어머니는 고양이는 필수재라고 말했다. 고양이가 없는 집은 쥐와 생쥐, 심하면 벌레들이 득실댄다고 말했다. 그러니까 우리는 이스트사이드의 빈민가 한복판에 살았고(사람에 따라서는 존재했다고도 할 것이다), 고양이가 없는 한 집은 결코 집이 될 수 없었다. 나는 어머니가 끊임없이 반복한 그 주장과는 달리 고양이를 키운 이유가 필수

어머니가 쓴 미완성 이야기는 우리 고양이 그리젤다의 입양에 관한 이야기다.

재라서가 아니라 어머니가 고양이라는 종을 너무나 사랑했기 때문이라고 늘 의심하고 있었다. 어머니의 슬픔으로 인해 우리 집을 감돌던 엄숙한 분위기를 기억한다. 키우던 고양이가 불운한 사고를 당할 때마다 (…).”

어머니는 자신의 아버지에 대해서는 아무 이야기도 하지 않았다. 어머니가 자신의 아버지에 대해 한 유일한 이야기는 보석상자처럼 작은 나무상자에 관한 것이었다. 어머니의 아버지는 자신의 보물을 그 상자에 보관했다고 했다. 그 누구에게도 상자 속 내용물을 보는 것을 허락하지 않았고, 그래서 어머니는 자기 아버지를 증오했다. 어머니가 그런 말을 한 적은 없지만. 어머니의 아버지는 이기적이었고, 비밀이 많았다. 또한 어머니는 자신의 언니를 몹시 질투했다. 어머니의 어머니가 첫아이이자 첫딸인 언니를 편애했기 때문이다. 어머니의 언니는 금발에 파란 눈동자를 지녔고 어머니의 부모는 어머니의 언니를 대학에 보냈다. 어머니는 대학에 가지 못했다. 어머니는 그 모든 이유로 자기 언니를 증오했다. 어머니의 말에 따르면 어머니는 자신의 두 남동생 중 한 명, 변호사가 된 남동생을 좋아했다. 나는 그 사람이 몸서리치게 싫었다.

어머니는 우리에게, 즉 어머니의 세 딸들에게 수없이 말했다. "너희 자매가 신뢰할 수 있는 사람은 오직 서로뿐이야." 그야말로 대단한 위선이었다. 우리 자매들은 결코 서로 질투해서도 안 되고 경쟁해서도 안 되었다. 어머니의 금언은 우리를 속였다. 적어도 나는 속았다. 그리고 나중에 고통스러운 깨달음에 직면했다. 사람들은 경쟁적이다. 당신은 이를테면 극단적인 사회주의자일 수 있지만, 당신의 원초적 자아는 사회주의자가 아니다.

그 11년 동안 어머니는 변했다. 그리고 주름 한 줄 없는, 얼굴에 생기가 도는, 그림 속 완벽한 작은 노파 같은 모습이었다. 어머니는 나이가 들수록 더 잘 웃었다. 아마도 자신의 병에 의해 스스로 무장해제되었는지도 모른다. 어머니는 사회불안장애를 완화하는 팍실Paxil을 복용했다. 어느 정도는 도움이 되었지만 항상은 아니었다. 또한 나도 어머니를 다르게 보게 되었다. 어머니의 신경적 문제로 인해 어머니는 더 이상 나를 기른 그 사람이 아니게 되었다. 좋은 엄마건 나쁜 엄마건, 그 어떤 엄마 역할도 수행할 수 없게 되었다. 어머니는 대체로 순했고 나를 공격적으로 대하지는 않았다.

그러나 어머니 아파트에서 어머니와 보내는 주말이면 내 우울증은 심해졌다. 졸음이 쏟아졌고 너무나 피곤해서 거의 마비되다시피 했다. 눈을 뜨고 있기가 힘들었다. 동서남북 사방으로 뷰가 훌륭한 창이 나 있는 어머니의 안락한 방 두 개짜리 아파트에서 나는 TV를 보거나 학생들이 제출한 글을 읽고 코멘트를 달았다. 그러나 대부분의 시간을 청소를 하면서 보냈다. 왜 그랬는지는 나도 이해가 되지 않지만 나는 어머니의 집을 티끌 하나 없이 깔끔하게 관리했다. 나는 어머니의 소파에 앉았다가도 바닥에 작은 얼룩이 눈에 띄면 벌떡 일어나서 얼룩을 지우고 다시 앉았다. 나는 의식적으로 그리고 무의식적으로 어머니를 위해서, 나를 위해서 어머니가 했듯이 어머니의 집을 관리했다. 또한 어머니의 아파트를 깨끗하게 유지함으로써 어머니의 병이 야기한 혼돈과 내가 어머니 곁에서 느끼는 혼란에 대항할 질서를 만들어내고 있었다.

어머니와 나는 둘 다 영화와 테니스를 사랑했다. 어머니는 젊을 때 가능한 한 자주 영화를 보러 갔다. 어머니는 운동신경이 뛰어났고 승마와 테니스를 즐겼고 잘했다. 어머니는 체력이 강했다. 어린 시절 나는 어머니가 테니스 치는 것을 지켜보곤 했다. 그리고 나도 테니스를 치기 시작했다. TV에서 U.S.오픈을 중계하면 우리는 함께 시청했다. 영화를 관람하거나 테니스 경기를 시청하는 것이 우리에게는 최고의 시간이었다. 내가 어머니의 아파트에 있지 않을 때는 언니나 상주 간병인에게 전화를 걸어 어머니를 깨워달라고, 어머니가 U.S.오픈을 시청할 수 있게 TV 앞으로 모셔달라고 부탁했다. 테니스 경기가 중계된다는 말을 들은 어머니는 서둘러 침대에서 나와 의자에 앉아 전 경기를 시청했다.

나는 이따금 내가 어머니를 사랑한다고, 어머니가 나를 사랑한다고 상상했다. 그런 환상은 내가 대처하는 데 도움이 되었다.

나는 가끔씩 어머니가 내 할머니라고 가정했다. 나는 실질적으로 할머니가 있어본 적이 없다. 어머니의 어머니는 내가 두세 살 무렵 돌아가셨다. 아버지의 어머니, 로즈와 내가 관계를 맺었을 때 로즈는 노망이 나 있었다. 로즈는 내가 여덟아홉 살 무렵 돌아가셨다. 아버지는 자신의 미친 어머니를 사랑했고, 아버지가 로즈를 사랑했기 때문에 어머니는 로즈를 미워했다. 양가 할아버지들은 내가 태어나기도 전에 돌아가셨다. 어머니는 아버지가 사랑하는 사람이면 그게 누구이든 질투했다. 어머니는 특히 아버지가 자기 동생, 알에게 쏟는 사랑을 질투했다. 아버지는 알을 무조건적으로 사랑했는데 어머니는 그런 온 마음을 다하는 사랑을 느낀 적이 없었다. 어머니가 그런 사랑을 느낀 적이 없다고 나는 확신한다.

†

육칠 년째가 되었을 무렵 나는 더욱더 기력이 쇠했고 원통했고 어머니를 요양원에 보내고 싶었다. 어머니를 집에 모시는 비용은 단순히 금전적인 것만은 아니었다. 책임의 무게는 결코 가벼워지지 않았다. 나는 속으로 반항했다. 내 심리상담사는 어머니가 좋은 요양원에 들어가면 자신과 같은 사람들과 교류할 수 있다고 종종 말했다. 어머니가 일종의 사회생활을 하게 될 거라고. 그러나 어머니는 노인을 싫어했다. 어머니가 그렇게 말했다. 어머니는 평생 친구가 별로 없었다.

8년째가 되었을 때, 나는 어머니를 요양원에 보내는 건 불가능하다고, 그런 일은 결코 없을 거라고 체념하기에 이르렀다. 게다가 어머니가 사시면 얼마나 더 사시겠는가. 나는 이렇게 존재하는 삶에 최종적으로 묶였고 어머니는, 이렇게 존재하는 삶은, 내 삶과 불완전하게 통합되었다. 그런 통합은 어머니나 어머니를 돌보는 일을 의식해서 이루어진 것은 아니었다. 그럼에도 불구하고 그 기간 내내 어머니에게, 어머니를 돌보는 삶에 묶이게 된 것이 막 일어난 일처럼 느껴졌다. 그게 가장 기이한 점이었다. 그렇게 묶인 삶은 결코 일반적인 삶이 아니었다. 일반적인 삶은 어머니가 돌아가시고 난 뒤에야 돌아올 것이다.

어쨌거나 양가감정이 내 안에 살았다. 또한 어머니

를 요양원에 모시고 싶은 마음도. 내가 어머니라면 요양원에 가고 싶지 않을 것이다. 그리고 어머니가 집에서 TV를 보거나 책을 읽는 모습을 떠올리면 고대로부터 이어진 장면을 보는 듯한 위안을 받았다. 그런 어머니의 모습은 갓 태어난 새끼 붉은털원숭이에게 제공된 천으로 감싼 가짜 어미 원숭이들처럼 항시 준비된 엄마였다. 과학자들은 갓 태어난 새끼 원숭이가 진짜 어미 원숭이가 없어도 정상적으로 성장할 수 있는지 확인하고 싶었다. 그 갓 태어난 새끼들은 정상적으로 성장하지 못했다. 원숭이처럼 행동하는 법을 배우지 못했고 사회화되지 못했다. 살아 있지 않은 어미를 안고 있었기 때문이다. 그 끔찍한 실험은 새끼 원숭이들의 삶을 망쳤다. 굳이 실험을 하지 않아도 누구나 예상할 수 있는 결과였다.

†

6년 정도 지났을 무렵 프랜시스는 전반적으로 덜 만족하는 것처럼, 또는 자신의 삶에 더 불만이 있는 것처럼 보였다. 둘 다였을 수도 있다. 그렇다. 어머니를 돌보는 일은 그다지 좋은 일자리가 아니었다. 노인을, 환자를 돌보는 일은 고되다. 나는 내가 이해한다고 생각했다. 그러나 내가 이해한다는 사실은 중요하지 않았고 프랜시스의 불만에 영향을 미치지 않았다. 우리 자매들은 프랜시스에게 고등학교 졸업장을 따도록, 고등학교 검정고시를 준비하도록 격려했다. 그러면 더 좋은 일자리를 구할 수 있으니까. 프랜시스는 고향에서 교육을 거의 받지 못했고, 열다섯 살에 결혼해서 첫 아이를 가졌다. 프랜시스는 공부했고, 영어 시험은 통과하고 수학 시험은 탈락했는데 그 뒤에 공부를 중단했다. 내가 다시 시험을 쳐보라고 조언했을 때 프랜시스는 모욕을 당했다는 듯 짜증을 내며 선언했다. "나는 지금 이대로의 내가 좋아요." 나는 그런 문제가 아니라고 말했다. 프랜시스는 등을 돌리고 가버렸다. 프랜시스가 자신에게 거는 기대는 더 이상 자신이 하는 일과 합치하지 않았다. 그러나 프랜시스는 그보다 훨씬 나은 일자리를 구할 수 있는 자격 조건을 갖추지 못했다. 나는 다시는 시험 얘기를 꺼내지 않았다.

내가 취하는 모든 행동이 미지의, 의도하지 않은 결과를 낳았다. 좋은 결과도, 나쁜 결과도 있었다.

갈등들이, 위기들이 있었다. 프랜시스는 이따금 합의된 것보다 더 많은 휴가를 원했다. 이날 하룻밤 외박,

저날 하룻밤 외박. 우리는 웬만하면 그런 요구에 맞췄다. 한번은 우리와 함께한 후반기에 프랜시스는 내게 미리 알리지 않은 채 일방적으로 휴가 날짜를 정하고는 그날 밤이 되어서야 외박을 할 거라고 말했다. 나는 프랜시스의 일정에 맞춰 내 일정을 바꿀 수가 없었고 프랜시스는 불같이 화를 냈다. 실제로 그날은 내가 처음으로 프랜시스의 외박 요구를 거절한 날이었다. 나는 조카가 박사학위 논문을 마친 것을 축하하는 파티에 가는 길이었다. 프랜시스는 분노하며 나를 내 언니들과 비교했다. 그것이 문제였다. 불협화음이. 프랜시스는 우리 가족의 일원이면서 일원이 아니었다. 어떤 의미에서는 언제나 그 점이 문제였다.

프랜시스의 삶은 점점 더 낯설어지거나 점점 더 익숙해졌다. 그리고 동시에 더 복잡해지고 더 감정적이 되었다. 프랜시스의 욕구와 감정은 점점 더 이해하기 어려워지거나 이해하기에는 아직 제대로 형성되지 않은 상태였다. 프랜시스가 자기에게 가지는 기대가 변했다. 그리고 자신이 하는 일에 대한 기대도 바뀌었다. 어떤 기대는 합리적이었고 어떤 기대는 아니었다. 프랜시스는 자신의 틀니를 잃어버렸다. 어머니를 모시고 노스캐롤라이나로 가는 기차에서 빼두는 바람에 그렇게 되었다.

프랜시스는 그곳 노스캐롤라이나 언니 부부의 집에서 2주를 보내기로 되어 있었다. 프랜시스에게는 부분적인 휴가이기도 했다. 언니와 형부가 프랜시스 대신 어머니 돌보는 일을 많이 넘겨받았기 때문이다.

프랜시스는 뉴욕 언니에게 새 틀니 값을 청구했다. 근무 중에 잃어버렸기 때문이라고 했다. 언니에게 그 말을 전해 들었을 때 나는 내 귀를 의심했다. 프랜시스가 그런 걸 기대한다는 걸 믿을 수 없었다. 프랜시스는 당연히 받아야 하는 돈이라고 생각했다. 근무 중에 잃어버렸으므로 근로자 산재보험 같은 게 적용된다는 것이었다. 아마 이것도 또 하나의 불만거리가 되었던 것 같다. 점점 더 길어지는 우리에 대한 불만 목록에 더할 또 하나의 원망. 우리가 틀니 값을 주기를 거부했기 때문이다. 그 비용에 대한 프랜시스의 기대, 그 비용이 그녀가 지급받아야 마땅한 돈이라는 기대로 인해 프랜시스의 다른 전제들을 들여다볼 수 있는 문이 활짝 열렸다. 그녀에게 빚진 것들에 관한 전제들을. “그녀에게 빚진 것들”은 심리적 함의를 지닌다. 그리고 그런 함의는 점점 더 무거워지고 점점 더 명확해졌다. 우리는 그녀에게 어떤 존재였는가? 우리는 그녀에게 무엇을 빚졌는가?

프랜시스는 어머니에게 좋은 간병인이었다. 비록 내

가 프랜시스를 제대로 모른다는 느낌이 점점 강해졌지만. 그 모든 상황을 겪는 내내 나는 프랜시스가 좋았다. 프랜시스는 너무나 많은 면에서 공감 능력이 있는 따뜻한 사람이었고, 가족을 소중하게 여기는 사람이었다. 프랜시스는 가끔 우리 소가족을 위해 요리를 했고, 좋은 가족 정서를 형성하는 데 도움이 되었다. 나는 그렇게 생각했다. 프랜시스 스스로가 좋은 엄마였고 자기 아이들을 사랑했다. 그리고 자신의 죽음이 가까워졌을 때 어머니는 프랜시스라는 사람을 우리에게로 인도했고, 어떤 의미에서 프랜시스는 어머니가 우리에게 준 선물이었다. 프랜시스 덕분에 우리 소가족은 더 자주 한데 모였다. 어머니의 간병인이 가족적인 분위기를 가꿔줬다.

프랜시스는 어머니를 사랑했다. 나는 프랜시스가 정말로 어머니를 사랑했다고 믿는다. 프랜시스의 진짜 엄마는 프랜시스를 학대한 남자와 재혼했다. 내가 이해한 바로는 그랬다. 프랜시스의 어머니는 프랜시스를, 프랜시스가 성폭행을 당했다는 것을 믿지 않았고, 이후 두 사람은 거의 남남처럼 연락을 끊고 살았다. 나는 끝까지 무슨 일이 있었는지 전부 듣지는 못했다.

내가 보기에 프랜시스는 어머니를 자기 어머니로 삼았다. 어머니는 프랜시스를 사랑했다. 두 사람은 말다툼을 했고, 어머니는 프랜시스에게 심한 말을 하기도 했다. 그러나 두 사람은 화해했고, 사랑이 두 사람의 관계를 주도했다. 중요한 것은 그 점이었다. 그런 사실이 이기적인 이유로, 그리고 이타적인 이유로 내게 길잡이가 되었다. 그리고 아마도 나를 잘못된 길로 이끌었을 것이다. 나는 프랜시스의 결점을 보지 못했고, 보고 싶어 하지 않았다. 나는 프랜시스에게 나쁜 면이 있는 걸 원하지 않았다. 나는 프랜시스를 믿고 싶었다. 그 거만한 신경과 전문의처럼 나는 내가 틀릴 수도 있다는 사실을 고려조차 하지 않았다. 나는 틀리고 싶지 않았다.

프랜시스의 과거는 문제가 많았다. 프랜시스를 통해 알게 된 것이다. 그리고 프랜시스의 현재는, 우리도 포함되어 있었던 그 현재도 문제가 많았고, 프랜시스는 점점 예측하기 어려운 사람이 되었고, 우리에게 문젯거리가 되었다. 남편의 불륜을 알게 된 후 몇 년이 지났을 때 프랜시스는 자기 삶에 남자가 필요하다고 느끼기 시작했다. 프랜시스는 건강한 여자였으므로 성적 욕구와 사랑받고 싶은 욕구가 있었다. 프랜시스는 남자를 찾았다. 아마도 온라인을 통해서였을 것이다. 프랜시스는 사랑에 빠졌다. 푹 빠졌다. 프랜시스는 그 남자에게 홀딱 넘어갔고 집착했고, 그 남자가 잠수를 타자 프랜시스는 미쳐버렸다. 전화비 청구서에는(주석이 달린 옛날식 청구서였다) 한동안 프랜시스가 그 남자에게, 말 그대로 매분마다 전화를 걸었으며 그때마다 곧장 음성사서함으로 연결되었다는 사실이 나와 있었다.

뉴욕 언니는 내게 또 한 번 말했다. 프랜시스가 어머니의 물건을 훔치고 있다고. 그런 생각을 하는 것조차 끔찍했고, 나는 여전히 그 사실을 받아들일 수 없었다. 나는 그게 사실이라고 믿고 싶지 않았다.

그러나 프랜시스는 어머니에게는 충직한 간병인으로 남았다. 프랜시스는 어머니를 모시고 외출하고 어머니가 활동적으로 지내도록 도왔다. 나는 초창기에 고용했던, 아무것도 하지 않았던 간병인들을 떠올리곤 했다. 어머니를 돌보는 일은 좋은 일자리가 아니다. 반복적인 일이었고 따분하기 그지없었고 숨이 턱턱 막힐 때도 있었다. 어떤 사람들은 자신이 돌보는 사람을 돕기 위해 열심히 노력한다. 다른 어떤 사람들은 자신이 돌보는 사람에게 아무 관심이 없는 상태로 그 일을 한다.

어머니는 자신이 다른 노인에 비해 얼마나 젊어 보이는지를 늘 강조했다. '젊어 보이는 것'은 우리 부모에게, 그리고 나중에는 그들의 딸들에게 중요한 일이었고,

그 문제로 평생을 시달렸다. 어머니와 아버지는 실제 나이보다 훨씬 어려 보였다. 특히 아버지가 그랬다. 아버지의 머리카락은 60대 후반까지도 풍성한 흑발이었다. 아버지의 친구들은 악의 없는 질투심을 표현하면서 아버지가 머리를 염색한다고 놀려댔다. 아버지는 염색을 하지 않았다. 한번은 어머니가 신문에 실린 내 사진을 봤다. 내가 새로 발표한 장편소설을 다룬 기사에 딸린 사진이었다. 어머니는 사진을 흠잡았다. "넌 이것보다는 한참 어려 보이는데." 어머니는 내 소설이 어떤 내용을 썼는지에 대해서는 관심이 없었다.

플로리다로 이사한 어머니는 시드니 셸던의 소설 같은, 흔히 공항에서 파는 장르소설을 읽었다. 어머니와 같은 콘도에 사는 다른 여자들이 읽는 책이었다. 어머니는 이전에는 그런 책을 읽어본 적이 없었다. 뉴욕으로 돌아온 어머니가 병은 있지만 상태가 비교적 나아졌을 때 우리는 어머니에게 책을 구해주었고 어머니는 그 책들을 읽었다. 그러나 어머니는 자신이 읽고 있는 책에 대해 전혀 기억하지 못했다.

어머니는 제임스 프레이James Frey의 회고록 『백만 개의 작은 조각들』A Million Little Pieces을 여러 번 읽었다. 어머니는 종종 그 책이 얼마나 훌륭한지 내게 말했다. 어머니는 자신이 읽은 책을 기억하지 못했으므로 그 책은 매번 어머니에게는 새로 읽는 책이었다. 나는 그 점이 놀랍고 흥미로웠다. 나는 제임스 프레이와 같은 스펠링비spelling bee(영어 단어 철자법 맞추기 대회)에 초대 손님으로 참석한 적이 있다. 문예지 출판 협회Council of Literary Magazines and Presses에서 후원금을 모금하기 위해 주최한 행사였다. 나는 제임스 프레이에게 어머니가 내 소설 『인생에 새 출발이란 없다』No Lease on Life를 혐오한다고 말했다. 소설에 "나쁜 언어"를 썼다는 이유에서였다. 어머니는 프레이의 소설에서 그런 언어를 쓰는 것은 개의치 않으셨다고, 나는 프레이에게 말했다. 내가 어머니에게 왜 그런지 물었을 때 어머니는 이렇게 말했다. "그 책에서는 꼭 필요한 거였으니까." 흥미롭게도 어머니가 프레이의 책을 읽고 읽고 또 읽는 동안 그 책의 내용이 실제로는 "진실"이 아니라는, 그래서 엄밀히 말해 회고록이 아니라는 점을 둘러싼 "스캔들"이 화제가 되고 한창 논쟁이 들끓었다. 보아 하니 진실 또는 진실성의 판단은 오직 사실에 의해서만 좌우되는 것 같다. 핍진성verisimilitude(라틴어 '진실'very과 '같은'similis에서 도출된 단어로, 문학·예술·과학철학 등에서 진리에 가깝거나 흡사한 정도를 나타낸다. 특히 문학에서는 텍스트의 사실적 실감을 의미한다)은 고려의 대상이 아니다.

오프라의 분노는 TV로 중계되었다. 프레이는 오프라 쇼에 출연했고 오프라는 프레이 여자친구의 자살에 대해 물었다. 목을 매달았나요? 아니요, 프레이가 말했다. 여자친구가 욕실에서 목을 매달고 죽지는 않았어요. 수면제를 먹었죠. 오프라는 충격을 받았고 소스라치게 놀랐다. 책이 그녀에게 거짓말을 했다. 그렇게 허구 속 진실들, 리얼리티의 재현은 경솔한 분노에 가려지고 말았다.

나는 프레이가 자신의 에이전트와 출판사에 의해 부당한 거래에 서명했다고 생각한다. 어머니에게는 그런 것들이 전혀 문제되지 않았다. 어머니는 그의 책을 사랑했다.

어머니는 상태가 나아졌고, 앞서 언급했듯이 실제로도 좋아졌고 정신이 맑아졌다. 어머니의 뇌가 치유되고 새로운 배출구를 찾고 새로운 경로를 만들었기 때문이다. 뇌는 기민하게 회복한다. 어머니는 원래의 자기로 돌아가지는 않았다. 그리고 내 입장에서 보면 그것은 환영할 만한 좋은 예후였다. 어머니의 본래 자아는 꽤 고약할 때도 있었기 때문이다.

어머니는 수업을 통해 뜨개를 다시 배웠고, 뜨개는 어머니의 뇌가 새로운 세포를 만들고 키우는 데 도움이

뜨개는 어머니의 뇌가 새로운 세포를 만들고 키우는 데 도움이 되었다.

되었다. 어머니는 결코 예전만큼 뜨개를 잘하게 되지는 않았지만, 실은 예전과는 비교조차 할 수 없었지만— 어머니는 뜨개로 코트와 정장을 만들어내는 사람이었다— 적어도 어머니는 뜨개를 다시 할 수 있게 되었다. 어머니에게 뜨개를 가르친 말린은 어머니가 그림 그리는 것도 도왔다. 말린은 어머니를 매우 좋아하는 것처럼, 어머니를 아끼는 것처럼 보였다. 그러나 말린은 수상한 구석이 있는 인물이었다. 그게 그녀에 대한 내 인상이었다. 나는 결코 말린을 신뢰하지 않았으나, 어머니는 말린을 정말 좋아했다.

말린은 당시 유니언스퀘어 시장에서 열리는 니트-

아웃Knit-Out에 참가했다. 전문가와 초보자들이 무대에서 자신이 짠 스웨터와 스카프를 직접 착용하고 선보였다. 말린은 노인복지센터에서 자신이 가르치는 다른 제자들과 함께 어머니를 참가자로 등록했다. 내가 아는 한 어머니는 말린의 유일한 '개인 교습' 제자였다.

내 친구 제인이 니트-아웃 행사 중 하나에 참석했고, 어머니가 자기 작품을 선보이는 장면을 지켜봤다. 어머니는 제인을 매우 좋아했는데, 어머니가 내 친구를 좋아하는 일은 좀처럼 드물었다. 그러나 제인은 어머니의 마음을 얻기 위해 노력했고 어머니의 마음을 얻는 데 성공했다.

말린은 어머니를 임시 무대 앞으로 불러서 소개했다. 어머니는 마치 그 행사가 오스카상 시상식인 양 마이크를 건네받고는 말린에게 감사 인사를 전했다. "전부 말린 덕분이에요." 내 친구는 웃음을 터뜨렸다.

프랜시스는 말린이 어머니를 함부로 대한다고 말했다. 말린은 일주일에 두 번 어머니의 집에 들렀다가 금세 떠나면서도 강습료는 후하게 받아갔다. 말린은 어머니의 비위를 잘 맞췄고, 그래서 어머니는 매우 흡족해했다. 그러나 어머니가 돌아가신 뒤 다시는 말린에게 연락이 오지 않았다. 우리가 어떻게 지내는지 안부조차 묻지 않았다. 말린은 우리에게 관심이 없었다. 우리를 싫어했을 수도 있다. 우리가 보기에 말린은 정직하지 않은 사람이었지만 어쨌든 말린은 어머니를 도왔다. 그리고 어머니는 말린을 사랑했다.

사람들은 자신이 할 수 있으리라고 상상하지 못했던 일들을 하고는 나중에 그런 자신에게 놀란다. 아드레날린, 의지, 고집, 맹목, 무지가 당신을 버티게 해줄 것이다. 나는 좋은 딸 역할을 연기했지만 거기에는 내 진심이 담겨 있지 않았고 대신 내 양심은 담겨 있었다. 우리 자매들은 모두 양심에 의해 등 떠밀렸다. 그건 그렇게까지 끔찍한 일은 아니다.

어머니는 사랑이 넘치는 다정한 엄마와는 거리가 멀었다. 그러나 우리 부모님은 그들의 신경불안증과 해로운 행동에도 불구하고 자신들의 딸들에게 책임감과 양심을, 그리고 그와 함께 치명적이고 적절한 죄책감을 키워주는 환경을 제공했음이 틀림없다.

어머니와 관련해서는 나는 죄책감을 느낀 적이 결코 없다. 내가 어머니에게 내주는 것은 어머니가 받을 자격이 있는 것보다 많았다. 아주 매정하게 들리겠지만 말이다. 나는 어머니가 나를 대하기를 바랐던 방식으로 어머니를 대하고 싶었다. 아니면 아버지를 기리고자 어머니를 돌봤을 수도 있다. 아버지의 심각한 결함에도 불구하고 나는 아버지를 사랑했다. 아니면 나는 그저 고결한 인격을 지닌 사람이 되고 싶었는지도 모르겠다. 그리고 나는 내가 달리 할 수 있다고 생각하지 않았다.

어머니는 이따금 내게 사랑한다고 말했다. 이전에는 한 번도 그런 말을 한 적이 없었다. 나는 친구들에게 그런 아이러니한 상황을 지적했다. 어머니의 뇌가 손상을 입고 나서야 어머니는 나를 사랑했다. 그러나 사실 어머니는 자기애 외의 사랑은 불가능했다.

어머니는 내가 작가로 주목받는 것을 못 견디게 싫어했다. 타지에 사는 문학평론가이자 친구가 어머니와 나를 찾아왔다. 그 주말은 내가 어머니를 돌볼 차례였다. 안타깝게도 그는 곧장 나를 칭찬하기 시작했다. 정말 훌륭한 작가예요, 어머니는 딸이 자랑스럽지 않으세요?

어머니는 어두운 눈을 그에게 고정했다. 평론가는 매우 길고 북실북실한 수염을 기르고 있었다. 어머니는 그에게 왜 그렇게 지저분하고 보기 싫은 수염을 기르는지 물었다. 왜 그냥 밀어버리지 않죠? 끔찍했다. 어머니는 약 10분에 걸쳐 그를 모욕했다. 그는 남부 목사의 아들로 너그러운 사람답게 어머니의 공격에 잘 대처했지만, 나는 속상했다. 부끄러웠다. 어머니는 늘 나를 부끄럽게 만들었다. 우드미어에서 살 때 어머니는 내 친구들을 자기 차에서 쫓아냈다. 껌을 씹고 있다는 이유에서였다. 내가 열 살 때였다. 어머니, 이 눈치 없고 무정한 여자는 내 친구들 사이에서 악명이 높았다.

다시 내 친구-평론가 이야기로 돌아가서, 어머니가 펼친 공연, 즉 그가 나를 칭찬했다는 이유만으로 어머니가 그를 맹렬하게 몰아세우는 장면은 흥미진진했다. 그 장면은 내가 작가가 된 이유를 구성하는 또 하나의 조각이었다. 나는 그를 내쫓다시피 문밖으로 내보냈다. 그리고 어머니에게 아무 말도 하지 않았다. 할 말이 없었다.

병을 얻기 전의 어머니는 자기 감정을 더 잘 숨겼다. 온갖 일에 대해 나를 비판하거나 내게 반박했지만, 단 한 번도 자신의 구체적인 불만을 대놓고 표현하지는 않았다. 그러나 아픈 동안에는, 그리고 그전에도, 누군가 내 글을 언급하면 어머니는 불쑥 끼어들어 이렇게 말하곤 했다. “린, 내 고양이 이야기, 그리젤다 이야기는 언제 출간해줄 거니?” 어머니는 내 글이 언급될 때면 자신의 글로 주목받기를 원했다. 따라서 나에 대한 칭찬이 어머니의 악마를 깨우는 것이 확실했다. 나는 방문객들에게 어머니의 글이 얼마나 훌륭한지 말했고, 그 글이 미완성 상태임에도 불구하고, 어머니에게 언젠가 그 글을 출간하겠다고 말했다. 그러면 어머니의 마음이 풀렸다.

어머니가 쓴 이야기는 이렇게 시작했다.

뉴저지에서 친구들이 찾아왔다. 헤어질 시간이 되었을 때 친구가 내게 말했다. '헬렌, 동물, 그러니까 고양이 좋아해? 저기, 우리 동네 길고양이가 새끼들을 낳았는데 그중에 한없이 슬픈 눈을 한 사랑스럽고 애처로운 점박이가 있어. 네가 그 고양이에게 가족이 되어줄 수 있지 않을까 해서.' 나는 고양이나 새끼 고양이에 대해 생각하지 않은 지 꽤 되었다. 그런데 그동안 잊고 있었던 어린 시절 기억이 갑자기 내 마음을 온통 차지했다. 우리 집 뒷마당에는 늘 고양이나 새끼 고양이가 있었다. (…)

이 복슬복슬하고 부드러운 덩어리를 어찌 거절할 수 있겠는가. 나는 그 고양이를 보자마자 사랑에 빠졌고 내 세 딸들 중 막 세 살이 된 막내도 그랬다. 막내딸은 새끼 고양이를 받아서 품에 꼭 안았다. 새끼 고양이와 거의 똑같이 가르랑거리면서. 그러나 남편은 고양이라면 질색했고, 비록 고양이 입양에 반대하지는 않았지만, 장

기간에 걸친 재교육을 견뎌낸 후에야 우리처럼 새끼 고양이를 사랑할 수 있게 되었다. (…)

뉴저지에서 집으로 돌아오는 길은 평범했고 우리의 작은 새끼 고양이는 마치 자기 집인 양 루디의 무릎을 굉장히 편안해했다. 루디는 새끼 고양이의 머리를 계속해서 쓰다듬었고 새끼 고양이를 두 손으로 들어 올리고는 계속해서 감탄했다. 새끼 고양이는 애정이 듬뿍 담긴 학대를 당하고 있었지만 불평을 하기는커녕 더 깊이 파고들었다. 그때 우리는 우리가 아주 귀한 반려동물을 얻었다는 것을 알았다. (…)

이제 우리는 우리 동물이 여자라는 사실을 알게 되었다. 이미 여자들로 넘치는 집에 여자가 하나 더 늘어났다. 남편만 남자였고, 교류할 남자의 부재를 아쉬워하며 이따금 말했다. '우리 고양이조차 여자잖아.'

우리는 모두 그리젤다를 훈련시키는 데 동참했고 그리젤다에게 사소하고 귀여운 트릭을 가르치려고 시도했다. 그러나 우리 중 그 누구도 루디만큼 끈질기지는 않았다. 루디는 자기의 새끼 고양이에게 새로운 트릭을 가르치겠다고 결심했고 성공했다. 우리는 자랑스럽게 말할 수 있다. 우리 고양이는 이름을 부르면 답했고, 죽은 척 연기할 줄 알았고, 자발적으로 마치 모피 목도리처럼 우리 어깨 위에 올라와 목을 감쌌고, 내가 내켜서 허락할 때면 언제나 나를 따라 각종 시장과 식품점에 다녔다고. 그리젤다는 멀리서도 우리 차를 알아봤고, 우리 가족이 여행을 갔다가 돌아오면 우리를 맞이하기 위해 날아왔다. 그리젤다는 가장 독특한 (…).

한 행씩 띄어 쓴 6페이지 분량의 이야기에서는 그리젤다의 첫 새끼를 집중적으로 다룬다. 어머니는 이렇게 썼다. "우리는 그리젤다를 지나치게 길들였다"고, 그리고 그리젤다는 우리의 도움 없이 새끼를 낳으려 들지 않았다고. 새끼는 좀처럼 밖으로 나오지 않았고 어머니는 제정신이 아니었다. 심지어 수의사를 집으로 호출하기까지 했다. 수의사는 그리젤다의 첫 번째 새끼가 밖으로 나오도록 유도한 다음 떠났다. 그리젤다의 두 번째 새끼는 거꾸로 나와서 어머니가 새끼 고양이를 억지로 끄집어내야만 했다. 어머니는 그리젤다 옆에서 밤을 샜다. 몹시 불안해하며, 몹시 걱정하며. 그리젤다는 새끼 여섯 마리를 낳았고 그 새끼들에게 좋은 엄마였다.

여기서 어머니의 이야기는 끝난다. 경이로운 고양이에 관한 어머니의 미완의 이야기. 나는 어머니가 왜 그 이야기를 끝내 완성하지 못했는지 모른다. 어머니에게 그 이유를 물었던 것도 같다. 어머니가 답을 했을 수도 있다. 그러나 그러지 않았다고 생각한다.

내가 이 단락들을 여기에 실은 이유 중 하나는 뭔가 이상한, 엄밀히 말하면 기묘한 점이 있기 때문이다. 그건 바로 고양이 이야기에 나오는 이름들이다. 어머니는 스스로를 '헬렌'이라고 칭했고, 나를 '루디'라고 칭했다. 실은, 어머니의 고양이 이야기에 대해 아직 알지 못한 채로 나는 첫 장편소설 『유령의 집』Haunted Houses을 썼는데 거기에 등장하는 엄마들 중 한 명의 이름이 루스였다. 내 세 번째 장편소설 『의심 속으로』Cast in Doubt에 나오는 미스터리에 쌓인 한 젊은 여자의 이름은 헬렌이다. 내가 '루스'라는 이름을 쓴 이유는 '잔인한'이라는 뜻의 단어 'ruthless'에 있다. 그리고 '헬렌'이라는 이름을 쓴 것은 어머니가 우드미어 집의 가구와 벽지를 정하는 데 도움을 준 인테리어 디자이너의 이름이 헬렌이었기 때문이다. 나는 그녀가 디자인에 대해 이야기할 때 그 자리에 있었고 그녀의 이야기를 들었다. 나는 그녀에게 반했다. 그때 나는 약 네 살이었다.

또한 어릴 때 나를 돌본 여자의 이름이 헬렌이었다고 알고 있다. 그런데 어머니가 그 이름들을 나와 자신에게 붙이는 이름으로 선택했다는 것이 기묘하다.

나는 어머니의 영리함, 즉 노련함과 실용주의를 존경했다. 어머니는 질병에 영리하게 대처했다. 냉철한 어머니는 내가 아플 때 나를 잘 간호했다. 어머니는 결코 '히스테리'를 부리는 법이 없었다.

여덟 살 때 나는 부모님과 함께 차를 타고 플로리다 마이애미비치에 갔다. 아버지는 운전하기를 매우 좋아했다. 2주 뒤 아버지는 집으로 돌아갔고 어머니와 나는 한 달을 더 머물렀다. 어머니와 나는 마이애미의 명소 중 한 곳인 아르데코 영화관에서 《한스 크리스티안 안데르센》Hans Christian Andersen을 봤다. 영화관 로비에서 어머니는 내게 전집을 사줬다. 작은 책 10권이 상자에 들어 있었다. 리틀 골든 북스Little Golden Books(1942년부터 출판된 아동 도서 시리즈)는 여덟 살짜리에게 선물하기에 완벽한 전집이었다. 우리는 기차를 타고 집으로 돌아갔다. 어머니는 안락한 침대칸을 예약했다. 이층 침대의 1층에서 어머니가 잤고 나는 2층에서 잤다. 기차 여행은 적어도 24시간 걸렸던 것 같다. 그러나 조지아주를 통과할 때 기차 차장이 속도를 너무 높이는 바람에 신호를 놓쳤다. 선로 중간에 뜨거운 상자, 실은 부서진 기차 한 량이 가로막고 있었다. 우리가 탄 기차는 선로를 바꿔야 했지만 차장이 신호를 보지 못했고 기차는 시속 145킬로미터로 달리고 있었다. 차장이 부서진 기차칸을 봤을 때는 멈추기에 이미 늦어버렸다. 그래서 우리가 탄 기차는 조지아주에서 한밤중에 그 기차칸과 충돌했다.

나는 쿵 하는 충격에 놀라 잠에서 깼다. 어머니는 단호하게 말했다. "린, 옷 입어, 기차에서 내려야 해." 그래서 나는 그렇게 했다. 기차 밖으로 나갔을 때 나는 앞쪽에 불이 난 것을 봤다. 한 여자가 비명을 지르고 있었다. "전기선을 조심해요, 감전사할 수 있어요." 어머니는 말했다. "저 여자 말 듣지 마. 히스테리를 부리는 것뿐이야. 신경 쓰지 마." 그래서 나는 그렇게 했다.

세 명이 사망했다. 기차 차장도 사망자 중 한 명이었다. 기차는 오래도록 그 자리에 머물렀지만, 사고 처리반 직원들은 우리가 기차로 돌아가도록 허락했다. 그들은 우리에게 비프스튜를 배식했고, 비프스튜 냄새를 맡으면, 내가 그 냄새를 맡을 일은 없지만, 지금도 구역질이 난다. 그리고 그동안 나는 기차칸을 옮겨다니며 내 주위에 모여든 어린아이들에게 안데르센 동화책을 읽어줬다. 어머니는 내내 침착했다—그것이 어머니의 최고의 미덕이었다. 폭풍 한가운데에서도 침착함을 유지하는 것. 어머니는 종종 미친 폭풍을 일으켰지만, 어머니가 일으킨 것이 아닌 폭풍에 대해서는 잘 대처했다.

이미 말했듯이 어머니는 실용주의적인 사람이었다. 어머니는 화장지와 그 밖의 다른 필수재를 대용량 묶음으로 주문했다. 왜냐하면 그런 걸 사는 일에 불필요하게 신경 쓰고 싶지 않았으니까. 어린 내가 궁금해하며 물었을 때 어머니가 한 말이다. 나는 그 답을 새겨들었고 어머니가 현명하다고 여겼다.

어머니는 피를 봐도 움찔하지 않았다. 아버지는 움찔했다. 한번은 어머니가 우리 집 뒷문 유리창에 손과 팔을 밀어 넣었다. 피가 뿜어져 나왔다. 어머니는 아버지를 옆 조수석에 태운 채로 손수 차를 운전해서 병원에 가야 했다. 아버지가 기절하기 직전이었기 때문이다. 그런 면에서 나는 아버지를 닮았다. 두 사람은 싸웠던 게 틀림없다. 그렇지 않으면 어머니가 왜 문에 달려들어 유리를 깼겠는가.

어머니는 사전을 활용했고 스크래블Scrabble[철자가 적힌 플라스틱 조각들로, 글자 만들기를 하는 보드게임의 일종]에 열심이었다. 어머니는 당시 컬럼비아대학교를 다니던 조카를 일주일에 한 번씩 불러서 저녁을 먹였다. 두 사람은 스크래블을 했지만 둘 다 패배를 받아들이지 못했다. 두 사람 다 승부욕이 엄청났다. 그리고 결국 두 사람은 스크래블 게임을 하지 않기로 합의해야 했다.

나는 어머니에게 고양이를 사랑하는 법을 배웠다. 어머니는 고양이에게 다정했고 고양이를 잘 보살폈다. 내가 아홉 살이나 열 살이었을 때 갓 새끼를 낳은 어미 고양이와 그 새끼 고양이들을 발견했다. 겨울이었고 눈이 쌓여 있었다. 고양이들이 지붕으로 삼고 있던 앙상한 관목이 기억난다. 그대로 두면 틀림없이 얼어죽을 터였다. 고양이들은 유대교 회당 밖에 있었다. 우리 가족이 거의 가지 않는, 대제일大祭日(유대교의 신년제Rosh Hashanah와 대속죄일Yom Kippur)에만 가는, 그것도 한두 해만 가고 그 후로는 완전히 발길을 끊은 곳이었다. 아버지는 불가지론자였고, 어머니는 무신론자였다.

나는 회당의 문을 두드렸고, 관리인이 문을 열었다. 그는 고양이와 새끼 고양이들을 도울 마음이 전혀 없었다. 나는 관리인의 무심함을 믿을 수가 없었으며 그 직후 신을 믿지 않게 되었다. 어떤 면에서는 종교인들의 인정머리 없는 모습에 종교라는 것 자체에 대한 믿음이 사라졌다.

나는 어머니에게 전화를 걸었다. 어머니는 종이상자와 수건을 챙겨서 차를 끌고 내가 있는 곳으로 왔다. 우리는 어미 고양이와 새끼 고양이를 구조해서 집으로 데리고 왔다. 지금도 부엌 바닥에 놓인 상자 속에 고양이들이 있는 장면이 눈에 선하다. 어미 고양이는 새끼 고양이들이 입양 갈 수 있을 정도로 클 때까지 새끼 고양이들에게 젖을 먹였다. 그렇게 고양이들을 구조한 어머니를 나는 사랑했다. 또는 존경했다. 존경도 감정이라고 할 수 있다면 말이다.

1950년대 중반에 어머니는 자신의 흑인 친구들을 교외에 있는 집으로 초대했다. 우리는 교외의 북부식 분리주의(미국 북부 주들의 경우 인종 분리 정책을 공식적으로 실시하지는 않았지만, 관행적으로 흑인과 백인의 거주지·학교·일터가 분리되어 있었다)를 따르고 있었다. 어머니는 그런 것에 대해 굳이 입장을 밝히기보다 그냥 그렇게 흑인을 우리 집에 초대했다. 이건 출처가 불분명한 일화이기는 하지만, 나는 이런 이야기를 들은 기억이 난다. 내가 아기일 때 부모님은 차를 끌고 남부로 자동차 여행을 떠났다. 우리 가정부는 흑인이었고, 아마도 그 가정부의 이름은 헬렌이었을 것이다. 나는 헬렌의 아들과 같이 놀기도 했다. 나를 돌보기 위해 헬렌이 그 여행에 함께했다. 도로를 한창 달리다가 식사를 하려고 우리는 한 식당에 차를 세웠다. 식당 측에서는 헬렌을 실내로 들이기를 거부했다. 그래서 부모님은 음식을 포장 주문했고 차에서 모두 함께 그 음식을 먹었다.

나는 몇 가지 점에서 어머니를 존경하거나 존중하였다.

어머니의 몸을 다루는 일은 어머니와 나 모두에게 폭력이었다. 처음으로 어머니를 화장실에 데리고 들어간 날을 기억한다. 어머니를 변기에 앉히고, 어머니의 표현을 빌리자면, 어머니의 밑을 닦았다. 어머니의 음부를 씻고, 어머니의 유방 밑살을 닦고, 어머니의 가슴을 만지는 것은 혈연 그리고 무언의 질서를 거스르는 행위였다. 마지막 선을 넘는 행위였다. 어머니는 이동식 좌변기를 사용했고, 가득 찬 변기통을 꺼내 어머니의 침실에서 화장실의 좌변기로 가져가 비우는 일은 역겨웠다. 그걸 할 때마다 구역질이 났다. 어머니를 돌보는 내내 그랬다.

이렇듯 어머니의 몸에 대한 소소한, 선의의 침해 행위들은 기이했고, 내 마음을 불편하게 했다. 어머니는 병든 노파였다. 어머니의 부드러운 피부는 티슈처럼 얇아져서 어머니의 몸을 다룰 때면 마치 피부가 분리되는 것 같았다. 어머니는 내가 어머니의 몸을 다루도록 내버려두었다. 그러나 그 노파는 여전히 내 어머니였다. 내가 어머니에 대해 느끼는 감정, 내 삶에서 어머니가 차지하는 자리나 위상은 변할 수 있었고 또 변했지만, 결코 완전히 깨지지는 않았다. 그게 사람들이 늘 하는 말이다. 하지만 네 어머니잖아. 누구나 어머니는 단 한 분뿐이야.

다양한 혼종 가족이 존재하는 지금은 어머니가 두 명 이상일 수 있다. 그러면 이렇게 말할 수도 있을 것이다. 그 여자는 나를 낳아준 엄마일 뿐인걸. 그게 미래 세대에게 도움이 될지도 모르겠다. 아니면 모든 사람을 더 큰 혼란에 빠뜨릴지도.

캐롤라이나 언니는 어머니의 몸에 엄격한 주의를 기울였다. 내가 한 번도 해본 적이 없는 방식으로 어머니의 몸을 구석구석 살폈다. 어머니가 침대에 더 오래 머물고 안락의자에서 휴식을 취하는 시간이 길어졌을 때, 캐롤라이나 언니가 어머니의 꼬리뼈 끝 부분에 욕창이 생긴 걸 발견했다. 만약 언니가 아니었다면 염증이 번져서 어머니를 죽였을지도 모른다. 나는 비록 어머니의 목욕을 담당하기는 했지만 내가 그걸, 볼펜으로 찍은 듯한 작디작은 검은 점을 발견할 수 있었을 거라고 생각하지 않는다.

시간이 지나면서 어머니의 이동식 좌변기의 변기통을 비우는 일을 빼면 어머니를 돌보는 일을 천연덕스럽게 해낼 수 있게 되었다. 초창기에는 어머니를 휠체어에 태우고 외출하는 것이, 또 어머니와 함께 버스를 타는 것이 몹시 꺼려졌다. 어머니는 걸을 수 있었지만 균형을 쉽게 잃었다. 사고가 날 수도 있었고, 어머니는 내 책임이었다. 한번은 션트 교정술 직후에 어머니의 아파트에 어머니와 단 둘이 있었다. 나는 어머니가 혼자 일어서도록 두었다. 실제로도 신체활동, 재활치료의 일환으로 그렇게 해야 했다. 일어서서 창틀 잡고 서 있기. 나는 잠깐 등을 돌렸고, 다음 순간 마치 판자가 마룻바닥 위로 떨어지듯이 어머니가 뒤로 넘어가는 걸 봤다. 나는 울면서 그대로 주저앉았다. 어머니가 붕대를 감은 머리를 다쳤을 수도 있다는 생각에 공포에 사로잡혔다. 내가 의식하기 전에 울음이 먼저 터져 나왔다. 감정을 나타내는 단어보다 감정이 먼저 온다는 윌리엄 제임스William James(1842~1910, 미국의 심리학자이자 철학자)의 이론을 보여주는 사례이기도 하다. 어머니가 나를 올려다봤고, 나는 울고 있었다. 어머니는 말했다. "난 괜찮아." 그리고 이렇게도 말했다. "왜 우는 거니?" 어머니는 눈을 동그랗게 뜬 채 자신의 막내를 바라봤다. 어머니는 나를 종종 막내라고 불렀다. 마치 막내가 미쳤다고 생각하는 것 같았다. 나는 겁에 질려 있었다.

어머니는 골다공증이 없었다. 어머니는 호르몬제를 복용했고 체력이 강했으며 평생을 빠른 속도로 걸었다. 10년 동안 아마 열 번 정도 넘어졌던 것 같은데 뼈가 부러진 적은 단 한 번도 없었다. 어머니는 항상 건강하게 먹었다. 술은 종류에 상관없이 거의 마시지 않았고 40대에 흡연을 시작했지만 어느 날 아침 기침을 하면서 깬 뒤로는 바로 금연을 했다. 어머니는 건강했고 좋은 유전자를 물려받았다. 우리 가족은 모두 건강하게 먹었다. 튀김 음식은 전혀 손대지 않았다. 아버지는 아델 데이비스Adelle Davis(1904~1974, 미국의 영양학자로 균형 잡힌 식단을 통한 건강 증진을 장려했고 대중을 대상으로 쓴 네 권의 영양서가 모두 베스트셀러가 되었다)가 처음 영양 관련 책을 냈을 때부터 데이비스 책의 열렬한 독자였다.

어머니가 거동을 하지 못하게 된 초창기에 나는 어머니를 휠체어에 태워서 돌아다닐 때마다 남의 시선을 의식했다. 마치 어머니와 함께 파티에 참석한 십대 청소년이 된 듯한 느낌이었다. 게다가 더 꼴사나운 측면이 하나 더 있었다. 나는 어머니의 미소, 어머니의 뾰족한 턱, 어머니의 넓은 이마를 물려받았다. 물론 내 턱이 어머니의 턱보다 더 뾰족하고 내 이마가 어머니의 이마보다 더 넓지만. 나는 어머니처럼 나이 들고 노쇠해질 것이고, 사람들은 우리의 모습을 통해 그 사실을 알 수 있었다. 내 미래를 어머니에게서 볼 수 있었다. 때때로 어머니는 엘리베이터나 식당에서 이상하고 사적이고 악의적인 말을 내뱉었다. 어머니는 자신이 무슨 말을 하는지 몰랐다. 어머니 뇌에 있던 억제 인자들이 뇌압을 못 이겨 죽어버렸다.

이렇게 어머니를 돌보는 일 서사의 이면—아버지를 돌보는 일—에 어머니와 어머니의 남편, 즉 어머니와 내 아버지의 관계, 그리고 아버지가 병들었을 때 아버지를 돌본 어머니의 이야기가 있다.

한번은 어머니의 사촌 루이스가 내게 말했다. "네 어머니는 네 아버지를 지나치게 사랑하셔." 나는 깜짝 놀랐다. 어머니에 대한 아직까지 알려지지 않은 완전히 새로운 해석이었기 때문이다. 루이스를 처음 또는 두 번째로 만났을 때의 일이다. 우리는 플로리다에서 뉴욕으로 돌아오는 비행기를 함께 탔다. 아마도 우리는 같은 시기에 우리 부모님을 방문했을 것이다. 정확한 기억은 나지 않는다. 내 머릿속에 흐릿하게 남아 있는 시기의 기억들 중 하나다.

루이스는 이매뉴얼 라드니츠키Emmanuel Radnitzky, 일

명 만 레이Man Ray(1890~1976, 미국의 초현실주의 사진작가로 1917년경부터 뉴욕 다다운동을 주도한 전위 사진의 선구자)와 어릴 때부터 친했고, 어른이 된 뒤에도 친분을 유지했다. 그런 이유로 나는 루이스가 지적 수준이 높았다고 확신한다. 어머니와 루이스는 사촌 간이었고 함께 자랐지만 어른이 된 후로는 거의 만나지 않았다. 루이스의 가족이 보기에 우리는 '부자 틸먼가'rich Tillmans, 즉 자본가 계급이었다. 우리 아버지와 아버지의 동생은 꽤 오랫동안 성공적인 사업체를 운영했다. (나는 두 사람을 "우연한 자본가"라고 부르곤 했다.) 만 레이는 루이스를 찍었는데, 나는 그 작품을 한 번도 보지 못했다. 루이스는 아름다웠다. 나는 루이스가 좋았고 루이스를 더 잘 알지 못한 것이 아쉬웠다.

1960년대에 아버지는 6개월 동안 두 번의 심장마비를 겪었다. 첫 심장마비는 큰 문제가 아니었다. 두 번째 심장마비는 심각했고 첫 심장마비의 연장선상에 있다고 아버지의 담당의는 말했다. 두 번 다 월요일 아침에 일어났으며 두 번 다 아버지가 일하는 사무실에서였다.

대디는 50대 중반이었다. 아버지가 사랑해 마지않는 동생 알, 즉 아버지의 동업자는 2년 전에 심장마비로 죽었다. 알 삼촌의 정신과 의사 닥터 S—이미 오래전에 고인이 되었다—는 삼촌에게 덱사밀〔비만·우울증 치료제〕을 처방했다. 그는 삼촌의 가슴 통증이 심리적인 것이라고 말했다. 알 삼촌은 그 주에 병원에서 사망했다.

알 삼촌은 아버지에게 "활기"를 준다고 말하면서 덱사밀 복용을 권했다. 알고 지내는 약사가 알에게 스피드 speed〔마약류 각성제 (메스)암페타민의 가루 형태〕가 든 커다란 병을 줬고, 알은 그걸 아버지와 함께 먹었다. 그 후 아버지가 내게 활기를 원한다면 먹어 보라고 권했다. 아버지는 매일 아침 내게 캡슐 하나를 줬고 나는 그게 뭔지 알기도 전에 습관적으로 복용하고 있었다.

1960년대에는 지금과 비교하면 심장 질환을 관리하거나 치료하기가 훨씬 더 어려웠다. 당시 4중 관상동맥 우회술은 새로운 수술법이었고 거의 시술되지 않았다. 아버지의 심장의는 그 분야의 최고 권위자로 꼽혔다. 부모님은 아는 게 별로 없었지만 닥터 F가 아버지를 살렸다.

1965년 또는 1966년에 아버지는 두 번째이자 치명적인 심장마비를 겪었다. 어머니는 아버지의 운명을 결정하기 위해 자신의 첫째 딸에게 조언을 구했다. 아버지에게 두 번째 심장마비가 찾아왔을 때 아버지는 다른 섬유회사에서 제안한 일자리를 수락해 뉴저지에 머물고 있었다. 아버지는 그 일을 하면서 힘들어했다. 두 번째 심장마비가 왔을 때 아버지는 근처 작은 가톨릭병원으로 옮겨졌다. 심각한 심장 질환에 대처할 역량을 갖추지 못한 곳이었다.

어머니에게 던져진 중대한 질문은 구급차로 아버지의 담당 심장의가 있는 맨해튼의 마운트시나이병원으로 아버지를 이송할 것인가 말 것인가 하는 것이었다. 이동 중에 아버지가 죽을 수도 있었다. 그 가톨릭병원에 남아도 죽을 수 있었다. 어머니는 이송을 감행하기로 결정했고 아버지는 이동 중에 사망하지 않았다. 이런 이야기를 들은 기억이 난다. 아버지가 불안감에 동요해 이불을 움켜쥐고 자신의 음경을 노출하자 수녀들이 아버지 손을 찰싹 때렸다는. 아버지에게 들은 이야기라고 생각하지만, 확실하지는 않다.

두 번째이자 가장 심각했던 심장마비를 겪고 나자 아버지가 조용한 곳에서 제대로 안정을 취하는 것이 좋겠다는 결정이 내려졌다. 1~2주 정도 웨스트햄튼에 있는 주택을 빌렸다. 아버지는 바다와 해변을 매우 좋아했고, 내가 아버지와 머물기로 했다. 누가 이 결정을 내렸는지는 잘 모르겠지만, 그때 나는 대학생이었으므로 시간 여유가 있었다는 건 안다. 아마도 어머니는 직장을 다니고 있었거나 다른 해야 할 일이 있었던 것 같다.

웨스트햄튼에서는 내가 아버지의 간병인이었고, 내가 그런 책임을 진 건 그때가 유일했다. 나는 여전히 덱사밀을 복용하고 있었을 것이다. 그랬다고 생각한다. (내가 덱사밀을 끊은 건 대학을 졸업한 뒤에 맞이한 여름의 일이었다.) 왜냐하면 밤이 되면 나는 그곳에 누워서 바다의 리드미컬한 파도 소리를 들으면서 깨어 있었기 때문이다. 누워서 허공을 응시하면 산소 분자가 보였던 게 기억난다.

가을이었다. 그랬다고 생각한다. 춥지 않았고 상쾌했고 밖에 있기 좋은 날씨였다. 그곳에서 우리가 보낸 시간의 대부분은 기억나지 않는다. 나는 미친 듯이 껌을, 무가당을 비롯해 온갖 맛의 껌을 씹었다. 늘 몹시 불안했다.

아버지는 기운이 없어 보였다. 아버지의 가슴이 창백했고, 그래서 나는 걱정이 됐다. 나는 활력 넘치는 아버지에 익숙해 있었다. 우리는 싸우지 않았다. 평소에는 잘 싸웠다. 우리는 시내로 나가 저녁을 먹고 영화를 봤다. 잔잔한 날들이었다. 아마도 나는 책을 읽었던 것 같다. 그리고 아버지도. 우리는 산책을 했다.

마지막 날이 도래하고, 어머니가 왔으며, 문을 열고

웨스트햄튼 집으로 들어섰다. 그리고 아버지와 내가 행복해 보이는 모습을 봤다. 그랬을 것이라고 짐작한다. 어머니는 시비를 걸기 시작했다. 아버지와 내가 함께 있는 모습을 보는 게, 우리가 즐거운 시간을 보냈다는 걸 알게 된 것이 어머니는 못 견디게 싫었던 것이다. 아버지의 얼굴에 슬픈 체념의 표정이 내려앉았다. 그리고 우리는 모두 돌아왔다. 차를 타고 돌아왔다. 누가 운전했는지는 잊어버렸다. 그 주가 아버지에게 미친 긍정적인 효과가 무엇이었든 간에 그 효과는, 내 생각에는, 전부 사라졌다. 아버지의 장기가 치유될 시간을 다소 얻었는지는 모르겠다.

이후 1981년까지 아버지는 더는 다른 건강 문제나 사건을 겪지 않았지만, 그러다 한꺼번에 무너졌다. 어머니는 1981년부터 아버지가 돌아가신 1984년까지 아버지를 돌보는 힘들고 지루한 일을 수행했다. 어머니는 어떤 일이 생기든 대처할 수 있도록 늘 경계하며 준비했다. 어느 날 아파트를 나서려고 문을 열던 아버지가 혀 꼬부라지는 소리를 냈다. 어머니가 말했다. "뇌졸중이에요." 두 사람은 즉시 병원으로 갔다.

아버지가 돌아가신 뒤 어머니는 아버지 이야기를 거의 꺼내지 않았다. 적어도 내게는 하지 않았다. 나는 어머니가 아버지를 생각하며 우는 모습을 보지 못했다. 나는 어머니가 아버지를 그리워했다고 믿는다. 어머니는 두어 번 아버지가 그립다고 말했다. 어머니는 아버지가 돌아가신 뒤로 22년을 더 살았다. 병을 얻은 이후의 기간에 어머니는 아버지가 좋은 연인이었다고 말했다. 그 말이 유독 나를 놀라게 했다.

†

어머니의 마음에 아버지가 늘 머물고 어머니가 아버지를 생각했다 하더라도 어머니는 그에 대해 말하지 않았다. 내가 발견한 몇 안 되는 어머니의 노트와 일기장에 아버지는 전혀 등장하지 않는다. 그러나 그 고양이, 그리젤다는 물론 등장한다.

미색 줄노트가 두 권 있었는데 그중 두 번째 노트에 어머니는 흔들리는 가느다란 글씨체로 이렇게 썼다.

"새벽 2시 30분에 잠에서 깼다. 그런 내 머릿속을 차지한 것은 오직 한 가지, 그리젤다였다. 그토록 긴 세월이 지났는데도 나는 여전히 그리젤다 생각을 한다. 어떻게 해야 그리젤다를 내 머릿속에서 내보낼 수 있을까?

물론 다른 사람들의 뇌리를 떠나지 않는 다른 반려동물도 있겠지만 나는 그런 것에 대해서는 아는 바가 거의 없다. 그리젤다에 대한 생각을 하는 건 즐거웠지만 나는 너무나 필수적인 잠을 빼앗길 수 있는 처지가 아니었다. 아마 셰익스피어였던 것 같다. '잠은 치유한다 (…) (어머니가 뭐라고 썼는지 읽을 수가 없다) 돌봄의 옷자락을.' 나는 그리젤다가 얼마나 독특한 동물이었는지에 대해 계속 생각했다."

(그 문장은 『맥베스』에서 인용한 것이다. "풀어진 돌봄의 옷자락에서 코를 줍는 잠." 이 문장의 동사가 "코를 줍다"knits up라는 점에서 완벽했지만 어머니는 평생 뜨개인이었음에도 불구하고 그 사실을 잊었다.)

나로서는 "여전히 그리젤다 생각을 한다"라는 점을 어머니가 고민하는 것이 매우 흥미로우면서도 기이하다. 어머니는 사랑하는 고양이를 보내야 했다. 왜냐하면 그리젤다가 내 잉꼬를 죽였기 때문이다. 나는 고작 여덟 살이었다. 우리의 독특한 고양이는 닫힌 문의 문고리를 돌려서 넓은 창고로 이어지는 문을 열었다. 내 하늘색 잉꼬가 자유롭게 날아다니도록 그 창고에 풀어 두었었다.

나는 머리가 사라진 내 반려동물 잉꼬가 바닥에 떨어져 있는 것을 발견했다. 아마도 속상해서 울었던 것 같다. 그 일은 기억나지 않고, 다만 그 이후의 일만이 기억난다. 어머니는 그리젤다를 차에 태워 바이드-어-위 홈Bide-a-Wee home이라는 동물보호센터로 데려갔다. 아마도 그다음 날의 일이었던 것 같다. 나는 어머니가 그렇게 할 것이라는 설명을 들은 기억이 전혀 없다. 아마도 설명을 들었을 것이다. 그 일은 캐롤라이나 언니에게 트라우마를 남겼다. 언니는 그리젤다를 사랑했다. 그리고 내게도 트라우마를 남겼다. 무엇보다 최악은 이 일이 내 탓이었다는 것이었다. 그리젤다가 야기한 내 잉꼬의 죽음이 그리젤다가 동물보호센터에 버려지게 된 이유였다.

동물보호센터에서 그리젤다는 우리에서 도망쳤고 어찌된 영문인지 게이트를 빠져나와 도로 또는 고속도로로 쏜살같이 뛰어들었다. 집으로 돌아오고 싶었던 게 틀림없다. 나는 그리젤다가 새 가족을 찾아 새 집에서 살아가고 있기를 기원했었다. 그러나 아마도 그리젤다는 고속도로에서 차에 치여 죽었을 가능성이 매우 크다. 고속도로 위에서 그리젤다가 혼자 절망에 빠져 있는 모습, 자신의 새끼를 받아준 그리젤다가 사랑했던 어머니를 그리워하는 장면을 상상하는 것은 마음 깊숙한 곳을 들쑤시는 기억으로 남아 있다. 그 장면은 계속해서 아물지 않은 상처, 명치에 박힌 주먹처럼 쓰리고 아프다.

어머니가 그리젤다 생각을 한 건 당연하다. 어머니는 자신의 고양이를 버려야 했던 것에 대해 느낀 분노를 쓰지는 않았지만, 아마도 그 기억을 억눌렀기 때문일 수도 있다. 어머니의 완벽한 고양이는 어머니와 함께 완벽하게 행복한 채로 남아 있다.

어머니가 쓴 메모 중에는 누구와 갈등이 있었다거나 누군가에게 서운함을 느꼈다는 사실을 암시하는 내용이 전혀 없다. 모든 사람이 항상 최고의 시간을 보냈다. 어머니는 자신이 숙녀의 삶에 대해 쓰고 있다고 생각했을 수도 있다. 아마도 그것이 어머니가 자기 삶이라고 믿고 꿈꾼 그런 삶이었는지도 모른다. 어머니의 글에서, 우리는 모여 큰소리로 웃고 미소 지으며 행복한 가족을 연기했다. 어머니는 자신의 건망증에 대해 기록하다가 더 이상 글을 쓸 수 없을 정도로 몸이 나빠졌을 때 기록하기를 멈췄다.

†

부모 둘을 모두 돌봐야 하는 친구들도 있다. 그 돌봄이 순차적으로 이루어지는 경우도 있었고, 동시에 이루어지는 경우도 있었다. 우리는 그런 짐을 지지 않았으므로 언니들과 나는 그에 비하면 입장이 나았다.

아버지가 아팠을 때 아버지에게는 어머니가 있었다. 어머니를 돌보는 일에 비하면 아버지를 돌보는 일에는 거의 관여하지 않았다. 어머니가 아버지를 돌봤기 때문이다. 응급상황이 발생하면 플로리다로 서둘러 내려갔다. 1981년 아버지가 죽음 문턱까지 갔던 그때처럼. 그때는 심장에 일어날 수 있는 거의 모든 문제를 겪었다. 아버지의 폐에 물이 찼다. 울혈성심부전으로 인한 것이었고, 아버지의 심장이 불규칙적으로 뛰다가 심장마비가 찾아왔다.

언니들과 어머니는 밤새 대기실을 지켰다. 마침내 의사가 나왔을 때 그는 뉴욕 언니에게 말했다. "한때는 가망이 없다고 생각했어요. 환자분의 눈이 뒤집혀서 흰자위만 보였거든요." 언니는 곧 기절할 것 같았다. 언니의 무릎에서 힘이 빠졌다. 그러나 의료진은 아버지의 목숨을 살렸다. 적어도 그날 밤만큼은 돌아가시지 않을 터였다.

다음 날 아침, 아마도 6시였던 것 같다. 나는 관상동맥 집중치료실 병상에 누워 있는 아버지를 보았다. 아버지의 얼굴은 벌겋고 퉁퉁 부어 있었다. 아버지는 자신이

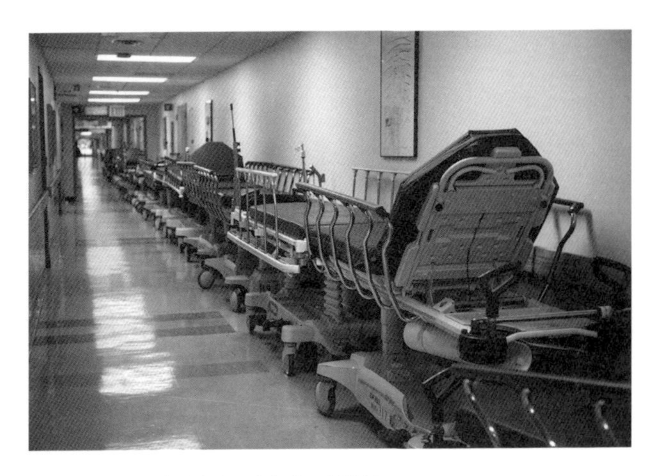

환자 이송을 위한 바퀴 달린 들것이 있는 병원 복도

살아 있다는 사실에 매우 기뻐하셨다. 아버지는 손을 움직였고, 내게 손을 흔들었다. 나는 아버지의 이마에 키스를 했다. 그러나 아버지의 생존 가능성은 별로 높지 않았다. 아버지는 인공심박조율기를 심기에 적합한 환자가 아니었다. 아버지의 심장은 지나치게 빠르게 뛰고 있었기 때문이다. 빈맥頻脈이었다.

우리는 아버지를 마이애미 심장 전문병원으로 이송했다. 어떻게 그게 가능했는지, 누가 그 병원의 의료진에게 연락을 취했는지는 모른다. 아마도 뉴욕 언니였을 것이다. 언니는 인맥이 넓었다. 그 병원의 의료팀은 휴스턴 감리교 병원 마이클 드베이키의 의료팀만큼이나 실력이 뛰어나다고 했다. 마이애미의 의료팀은 아버지를 심부전 환자 명단에서 내리고 대신 심장박동을 조절하는 신약 아미오다론amiodarone 임상실험에 참여시켰다. 그 약 덕분에 아버지는 3년을 더 살았다. 당시 아버지의 심장 상태를 고려하면 실로 놀라운 일이었다. 아버지는 그 기간 신체 기능이 거의 제약받지 않은 채로 잘 살았다. 심장의 18퍼센트만이 정상적으로 작동했는데도. 심장의 나머지는 흉터 조직이었다. 아버지의 담당의는 아버지를 '기적'the Miracle이라고 불렀다.

그 마지막 3년 동안 아버지는 대체로 건강했다. 1981년 죽음의 문턱까지 다녀온 뒤로 아버지는 발목 중량밴드를 차고 달리기를 했다. 아버지는 계속 건강을 유지했다. 마지막은 순식간에 다가왔다. 뉴욕에 사는 우리 두 자매가 병원에 도착했을 때 아버지는 뇌사 상태였다. 아버지는 그런 상태로 꽤 오래 있을 거라고 어머니의 친구가 말했다. 그러니 집에 데려다주겠다고. 그래서 우리는 부모님 아파트로 갔지만 병원으로 돌아오라는 전화를 받았다. 아버지가 사망하셨습니다. 그들이 말했다.

어쨌거나 핵심은 아버지가 어머니의 책임이었다는 것이다. 어머니가 아버지를 돌봤다. 한번은 어머니가 뉴욕에 오기로 마음먹었고, 뉴욕 언니와 함께 지냈다. 아버지는 플로리다에 혼자 두고 왔는데, 아버지는 패스트푸드점에 가서 나트륨이 잔뜩 들어간 음식을 먹었고 결국 병원 신세를 졌다. 어머니는 호출을 당했으므로 곧장 비행기를 타고 집으로 날아가야 했다. 어머니가 떠나 있었던 시간은 약 24시간 정도였다. 아버지에게는 어머니가 필요했다.

부부나 커플이 살아 있는 동안에는 한 명이 다른 한 명을 돌보게 되어 있다. 결혼 서약서에 '죽음이 우리를 갈라놓을 때까지'를 넣었다면 말이다. 어머니는 아버지를 독차지하기를 좋아했다. 비록 플로리다에 있어야 하는 것은 싫어했지만. 그러나 그곳에서는 아버지의 온 관심을 받고 싶어 하는 어머니의 욕구에 아버지가 순순히 응했다. 두 사람은 덜 싸웠다. 우리 자매가 근처에 있으면 어머니의 질투가 야생마처럼 날뛰었다.

어머니가 충분히 회복된 뒤로 우리는 매년 어머니의 생일을 축하하는 파티를 열었다. 마지막 생일파티는 어머니의 아흔여덟 번째 생일파티였다. 첫 생일파티는 어머니의 여든 번째 생일파티였다. 그건 어머니가 괜찮았을 때, 건강했을 때, 그리고 어머니가 맨해튼으로 다시 이사 오기 직전에 한 파티였다.

어머니의 여든 번째 생일파티는 깜짝 생일파티였고, 파티 장소는 뉴욕 언니의 널찍한 아파트였다. 우리는 초대할 수 있는 사람은 몽땅 다 초대했다. 어머니가 가장 아끼는 남동생은 왔지만(다른 남동생은 이미 고인이 되었다), 플로리다에 사는 어머니의 언니, 즉 금발에 파란 눈동자를 지닌 그리고 심한 관절염을 앓고 있는 어머니의 언니는 오지 않았다. 조카들도 왔다. 어머니의 오랜 친구들, 여전히 혈기왕성하게 살아 있는 친구들. 그중 한 명은 무려 초등학교 친구였는데 그 친구는 어머니가 즐겁게 참석하는 재봉 수업을 가르치고 있었다. 또 다른 오랜 친구들. 그들은 어머니가 어린 자녀를 키우면서 브루클린에 살 때 알게 된 사람들이었다. 내가 그 존재조차 알지 못한, 단 한 번도 만나본 적 없는 어머니의 사촌이 음산한 교수 남편과 나타났다. 그 남편은 어머니와 파티에 참석한 모든 사람에게 거만하고 무심하게 굴었다.

어머니가 문을 열고 아파트에 들어서자 모두들 외쳤다. "해피 버스데이!" 어머니는 너무나 놀란 나머지 그 자리에서 얼어붙었다. 바닥에 쓰러질 수도 있겠다고 나는 생각했다. 어머니는 쓰러지기 일보 직전인 것처럼 보였다. 나는 정신이 나간 어머니를 한 번도 본 적이 없었다. 어머니는 자기 배를 움켜쥔 채 멍하니 서 있었다. 울음을 터뜨리기 직전이었다고 생각한다. 심지어 아버지가 돌아가셨을 때에도 어머니는 감정에 휘둘리지 않고 해야 할 일을 했다. 나는 어머니가 우는 모습을 보지 못했다.

나는 다시는 깜짝 파티를 열지 않을 것이다.

어머니가 수술에서 충분히 회복된 후 어머니를 돌보는 동안 우리 자매들은 어머니의 생일에 파티를 열어 기념했다. 1997년, 1998년, 1999년, 2000년, 2001년, 2002년, 2003년, 2004년, 2005년, 2006년, 꼬박꼬박 체크 표시를 했다. 우리는 전력을 다했고 해마다 더 많은 정성을 들였다. 다음 파티는 그 전해보다 나은 파티가 되도록 계획을 세웠다.

첫해의 생일파티가 특히 힘들었다. 파티의 사전 준비 과정이 정신없이 휘몰아쳤고, 그렇게 된 건 내 탓이었다. 어머니의 아파트를 돌아보는데 어머니의 소파가 낡고 닳은 것이 눈에 들어왔다. 소파를 세척해야 한다는 것을, 덮개가 절실히 필요하다는 것을 알 수 있었다. 생일파티 날까지 얼마 남지 않은 때였다. 나는 이 문제를 해결하기로 마음먹고서 소파와 작은 안락의자에 씌울 덮개를 주문했다. 그리고 나중에 스쳐 지나간 생각 때문에 아파트 벽 페인트칠을 다시 하기로 했다. 우리는 페인트 작업에 레이를 고용했다. 레이는 아파트 건물 로비 직원이자 온갖 잡무를 담당하는 멋진 사람이었다. 이 모든 작업과 보수 작업, 그리고 촉박한 마감 기일로 인해 불안감이 고삐 풀린 망아지처럼 날뛰었다. 시간 내에 모든 일이 마무리될 수 있을까. 특히 소파. 작은 안락의자도. 나는 불평할 수도 없었다. 어머니가 자신의 집이 어떻게 보이길 원하는지, 티끌 하나 없이 말쑥하게 보이길 원한다는 걸 아는 딸 노릇을 하느라 내가 자발적으로 벌인 일이었기 때문이다.

어머니의 아파트에서 생일파티를 치른 것은 다섯 번이다. 내 기억상으로는 그렇다. 우리는 매번 더 화려한 케이크, 전채 요리, 과일, 초콜릿, 와인을 주문했다. 정통 프랑스 크루아상을 판매하고 싶었던 파리 출신 제빵사가 내가 사는 곳 근처 모퉁이에 가게를 열었다. 1인 가게였고, 프렌치 프레스 커피도 팔았는데, 오븐이 있는 제빵실은 가게 지하에 있었다. 그는 두 공간을 바쁘게 오가면서 가게에 온 고객을 응대하고 주문을 밀리지 않고 처리하려고 애썼다. 마침내 그는 더는 가게를 운영할 수 없게 되었다.

그는 어머니의 생일 케이크 중 하나를 만들었다. 커다란 직사각형의 프랑스식 초콜릿 가나슈를 만들었다.

참으로 아름다운 케이크였는데, 우리는 케이크 값으로 120달러를 지불했다. 정말이지, 오래전 일이었다고는 하지만 너무 작은 금액이었다. 그는 아마도 고객들에게 제 값보다 작은 금액을 받았을 것이고, 결국 파산했다. 자기들끼리만 이야기를 하는 어머니의 친척은 우리 가족과 가장 가까운 사촌들이었다. 어머니의 남동생은 생일파티에 두 번 참석했다. 두 번째로 참석했을 때, 어머니의 아파트에서 열린 파티였는데 휠체어를 타고 있었고 많이 쇠약한 상태였다. 나는 어머니와 어머니의 남동생이 대화를 나누는 모습을 본 기억이 없다. 대화를 나눴을 수도 있다.

생일파티 주최자로서 언니들과 나는 즐거운 분위기를 만들기 위해 최선을 다해 노력했다. 오후 1시부터 4시까지. 우리를 위한 파티도 아니었지만, 원래 주최자가 자신이 주최한 파티를 즐기는 경우는 흔치 않다. 때로는 주어진 재료가 마땅치 않기도 하다. 그게 바로 우리가 처한 상황이었다. 다행히 브루클린 시절에 어머니가 사귄 오랜 친구, 도로시와 밀턴이 어머니의 삶에 돌아왔다. 아마도 이런 생일파티를 통해서였던 것 같다. 확실하지는 않지만, 두 사람은 생일파티에 참석했다.

나는 아주 어릴 때부터 도로시가 정말 좋았다. 어머

니가 너무나 사랑한 나머지 자신의 미완성 이야기의 소재로 삼은 고양이는 실제로 도로시네 동네의 쓰레기통에서 발견되었다. 그 무렵 도로시와 밀턴은 사우스오렌지에서, 우리는 우드미어에서 살고 있었고, 우리 부모님과 그 두 사람의 교류가 뜸해진 것도 그 무렵이었다. 두 사람은 어머니의 마지막 생일파티에도 왔다. 도로시의 파킨슨병이 꽤 진행된 때라 겉으로 보기에도 상태가 별로 좋지 않았다. 그러나 도로시는 그런 위기에 굴하지 않았고, 밀턴이 도로시의 곁을 지켰다.

몇몇 파티는 우리 중 한 사람과 친분이 있는 사람, 대개는 뉴욕 언니의 지인이 운영하는 식당에서 열었다. 그런 식당들은 이제 사라졌다. 나는 '사교 관리' 업무, 예컨대 좌석배치표를 확정하고 자리에 이름표를 놓는 일을 맡았다. 어퍼이스트사이드의 한 식당에서의 일이다. 작고 아담한, 편안한 분위기의 식당이었는데, 어머니의 무례한 뜨개 강사가 좌석배치표를 무시하고 어머니 옆자리에 앉았다. 그 자리는 어머니의 가까운 친구이자 친척을 위해 배정된 자리였다. 나는 이 사실을 설명한 뒤 짜증을 부리는 그 뜨개 강사를 자기 자리로 이동시켰다. 뜨개 강사와 잘 맞을 거라고 생각한 남자 옆자리였고 실제로도 두 사람은 즐거운 시간을 보냈으며 뜨개 강사는 나중에 내게 고맙다고 했다. 나는 뜨개 강사가 정말 싫었다.

좌석배치표를 정하는 일은 내 몫이 되었다. 그 일에 재능이 있다고 인정받았지만 그런 재능이 무엇을 의미하는지에 대해서는 한 번도 얘기를 나눈 적이 없다. 나는 파티플래너들에게 연민을 느끼게 되었다. 이 일은 끔찍하고 괴로운 일이었다.

우리 자매들은 방을 돌아다니거나 자리를 바꿔가며 사람들이 그럭저럭 즐거운 시간을 보낼 수 있도록 애썼다. 한 남자가 있었다. 어머니 옆집 이웃이었던 그는 탐욕의 죄에 빠져 있었다. 그가 비만한 사람이어서 하는 말은 아니다. 그는 비만이기도 했지만 충동적이고 무례하고 만족을 몰랐다. 마치 떼를 쓰는 아이 같았다. 소호에 있는 한 이탈리아 식당에서 생일파티를 했을 때 그 이웃 남자는 우리가 제공한 메뉴의 선택지들에 불만을 표했다. 우리의 예산을 고려해 신중하게 정한 메뉴였다. 그는 피자 한 판을 주문했다. 웨이터는 놀란 눈치였지만 나는 괜찮다고 고개를 끄덕였다. 그는 자신이 받은 피자를 맹렬하게 먹어치웠고 그의 예의 바른 아내는 당황하지 않고 침착함을 유지했다. 당신도 그렇겠지만, 나도 오랫동안 결혼생활을 유지하는 일부 부부들이 어떻게 서로를 견뎌내는 건지 궁금하다.

어머니는 대개 무슨 일이 벌어지는지 알았고 관심을 한 몸에 받는 주인공이 된 것을 아주 행복해했다. 어머니의 아파트에서 우리는 어머니를 좋은 안락의자에 앉혔으며, 사람들이 어머니를 보살피고 돌봤다. 파티가 진행되는 동안 나는 사진을 찍었다. 뭔가 할 거리가 있는 게 좋았고, 좀처럼 가라앉히기 힘든 에너지를 소진할 배출구가 되었다. 사람들의 잔을 채우거나 누군가 흘린 음식을 닦아내거나 다 쓴 접시를 치우는 일도 마찬가지 역할을 했다. 나는 계속 움직였다. 때로는 내 친구 한두 명이 들렀다 갔는데 나는 그들이 뭘 봤고 뭐라고 생각했을지 궁금했다.

흥미롭게도 나는 우리 가족이 함께 살 때 누군가의 생일이라고 파티를 열어서 축하한 기억이 없다. 생일파티는 정기적인 가족 행사가 결코 아니었다. 언니들과 나는 여름에 태어났다. 여름인 6월, 7월, 8월에 각각 한 명씩 태어났다. 그래서 학교에서의 생일파티는 애초에 기대할 수가 없었다. 여름 캠프에 가 있거나 어딘가 다른 곳에 있어서 그곳에서 생일파티를 했을 수는 있다. 나는 부모님의 생일에 파티를 하거나 부모님이 서로에게 생일 선물을 주는 걸 본 기억을 전혀 떠올릴 수가 없다. 우리 자매들이 서로 생일 선물을 주고받았는지, 부모님으로부터 생일 선물을 받았는지도 확실하지 않고, 생일 선물을 받았더라도 매년 받았다기보다는 예외적인 경우였을 것이다. 어머니가 환자가 되면서 우리는 새로운 규칙을 만들었고, 우리 자매들은 이제 생일을 기념한다.

나는 어머니가 준비했던 한 파티에 대한, 선명하게 떠올릴 수 있는 생생한 기억이 있다. 그해 열 살 생일을 맞이한 나는 늘 가던 8주짜리 여름 캠프에 가는 대신 2주짜리 걸스카우트 캠프에만 다녀왔다. 그 생일파티는 짙은 빨간색, 여러 톤의 파란색과 보라색 등 색이 제각각인 널따란 암석 타일들이 놓인 우리 집 뒷마당의 판석 파티오patio〔스페인식 정원〕에서 열렸다. 케이크도 당연히 있었을 것이다. 친구들, 동네 친구들이 선물을 가져왔던 것 같다. 여자애들만 왔는지 남자애들도 있었는지는 기억나지 않는다. 8월 중순의 화창한 여름날이었다. 아마도 일요일 오후였을 것이다. 그렇다, 일요일이었다. 부모님이 내게 선물을 주셨는지에 대한 기억은 전혀 없다. 그러나 분명히 주셨을 것이다.

2005년에 어머니는 일과성 허혈발작, 즉 작은 발작을 자주 일으키기 시작했다. 2005년 7월, 발작은 점점 더 심해지고 고통스러워졌다. 당시 어머니는 노스캐롤라이나에 있는 언니 집에서 머물고 있었다. 뉴욕에 사는 자매가 쉴 수 있도록, 그리고 캐롤라이나 언니가 어머니와 더 많은 시간을 보낼 수 있도록 어머니는 거의 매 여름마다 2주씩 그곳에 가 있었다. 보통 프랜시스가 어머니와 함께 가서 절반의 휴가를 얻었다. 그런데 이번에는 아니었다. 프랜시스는 온전한 휴가를 얻었다.

캐롤라이나 언니는 때때로 어머니가 말할 수 있는데 말을 할 수 없다고 생각한다고, 말할 수 없다고 말하고는 나지막한 소리로 말한다고 보고했다. 그리고 어머니가 웃음보가 터진 뒤에 웃음을 좀처럼 멈추지 못할 때가 있고, 어머니가 걸을 수 없다고 생각했는데 부축을 받으면 걸을 수 있었다고 전했다.

나는 이런 작은 발작이 찾아와서 어머니를 1~2분가량 기절시키는 것을 목격했다. 그 1~2분 동안 어머니의 고개가 한쪽으로 툭 떨어지면서 어머니는 얼어붙은 듯 움직이지 못했고 말도 할 수 없었다. 더 나쁜 것은 어머니가 무슨 일이 벌어지고 있는지 알았고, 그걸 죽도록 싫어했고, 차라리 죽었으면 했다는 사실이다. 어머니는 누군가 자기를 죽여주기를 바랐다. 어머니는 내게 죽고 싶다고 말했다. 어머니는 종종 내게 물었다. 왜 내가 아직 살아 있는 거지? 그럴 때마다, 어머니를 위로하는 대신—어머니는 내가 건네는 위로에 경멸을 표했을 것이다— 이런 식으로 말했다. 어머니의 때가 오면 그렇게 될 거예요. 어머니의 몸이 아직 준비가 안 되어서 그래요, 죄송해요.

몇 개월 동안 어머니의 발작을 전혀 통제할 수가 없었으므로 어머니를 분노하고 지치게 했다. 때로는 발작이 신체적 고통을 유발하기도 했다. 자신이 사랑하는 사람이나 적어도 연민을 느끼는 사람이 고통에 시달리는 모습을 지켜보는 일만큼 괴로운 것도 없다. (다만 한번은 가학 성향이 있는 사람에게 남편을 아프게 하는 걸 어떻게 그냥 지켜보고 있을 수 있느냐고 물었을 때 그녀는 이렇게 답했다. 내 몸이 아니니까요.) 어느 정도 시간이 지난 후에 어머니의 발작은 관리 가능해졌지만, 그즈음에는 어머니가 완전히 지쳐버렸고 다시는 회복하지 못했다.

2006년 1월 초, 나는 어머니가 죽어가고 있다는 것을 이해했다. 어머니는 기력과 체력이 약해졌고 뭔가를 하려는 의욕도 떨어졌다. 어머니는 천천히 떠나가고 있었고, 나는 이를 호기심 어린, 무심한, 안도하는, 믿기지 않는다는 눈으로 지켜봤다. 캐롤라이나 언니에게 전화를 걸어 조만간 오는 게 좋겠다고 설명했다. 어머니는 죽을 거야. 나는 생각했다. 그것도 곧. 언니에게 그런 예측을 전달하면서 난처한 감정이 들었던 게 떠오른다. 나는 내 예측이 맞다고 확신할 수 없었고, 나쁜 소식을 전하는 예언자, 적어도 신뢰할 수 없는 화자가 된 기분이었다. 이것은 많이 아픈 환자를 돌보는 일에 수반되는 또 하나의 특수한 요소다. 충격이나 혼란을 유발할 수 있는 판단을 내린다. 그러나 내가 그랬듯이 당신도 그렇게 생각할 것이다. 나는 언니에게 말해야만 했다, 언니에게 경고해야만 했다.

내가 틀릴 수도 있지만, 틀려봤자 얼마나 틀렸겠는가. 어머니는 곧 아흔여덟 살이 될 터였다. 나는 그 사실을 완전히 받아들이지 못했다. 그 사실을 말하는 순간에조차도 회의적이었다. 어머니는 종종 되살아났고, 이번에도 죽음을 이겨낼지도 몰랐다. 그것은 흔한 망상이다. 그들이 결코 죽지 않으리라는 생각. 그런데 어떤 의미에서는 죽음은 쉽게 찾아오지 않는 것이기도 하다.

어머니가 돌아가시기 약 3개월 전에 식탁에 앉아 있던 어머니가 내게 물었다. "너희는 왜 나를 요양원에 보내지 않았니?" 나는 어머니가 요양원에는 절대 가고 싶지 않다고 완강하게 말했다고 답했다. 그러자 어머니는 말했다. "바보 같은 결정을 했구나. 내 응석을 받아주다니."

어머니가 돌아가시기 몇 주 전, 뉴욕 언니와 어머니는 극장에 갔다. 마지막까지 어머니는 자신이 할 수 있는 건 다 했다. 언니가 늘 어머니를 독려하기도 했다.

어머니는 여러 날을 무기력하게 침대에 축 늘어져 있었다. 아니면 못생겼지만 그럭저럭 쓸 만한 레이지보이 안락의자에서 잠이 들었다. 샹탈 애커만Chantal Akerman(1950~2015, 벨기에 출신의 영화감독)이 쇠약해지는, 죽어가는 자신의 어머니를 마지막으로 촬영한 다큐멘터리 《노 홈 무비》No Home Movie에서 애커만은 어머니가 그런 안락의자 중 하나에 꼼짝하지 않고 누워 있는 장면을 롱샷으로 찍었다. 나는 생각했다. 멀리서 보면 저기에 누워 있는 사람이 내 어머니라고 말해도, 다른 누군가의 어머니라고 말해도 전혀 이상하지 않을 거라고. 거리를 두고 보는, 의자에 누워 있는 그 몸은 특정할 수 없는 늙은 환자, 죽어가는 사람의 몸이었다.

어머니는 아무것도 하지 않고 있었다. TV를 보고 있었는지도, TV를 보면서 졸고 있었는지도 모르겠다. 뜨개도, 그림 그리기도, 외출도, 운동도, 노래 교습도 하지 않았다. 어머니의 생명력은 빠른 속도로 감소하고 있었다. 어머니는 존재하고 있었다. 겨우 존재만 하고 있었다.

그러거나 말거나 우리는 어머니의 98세 생일을 기념하기로 했다. 어머니의 생일인 3월 30일에 파티를 열었다. 그날 아침 어머니는 침대에서 나오지 못했다. 또는 나오고 싶지 않았거나 그냥 침대에서 나오지 않은 것일 수도 있다. 어머니는 말을 거의 하지 않았다. 깨워도 좀처럼 눈을 뜨지 않았다.

사람들이 거실에서 기다리고 있었다. 우리는 사람들을 모았고, 예년에 비하면 훨씬 적은 수의 사람들이 모였다. 어머니의 사촌, 남동생, 언니, 뜨개 강사. 예전에 왔지만 지금 이 자리에 없는 다른 사람들은 다 죽었다. 그게 누구였는지는 모르겠지만 — 아마도 프랜시스였을 것이다 — 그 누군가의 지시와 격려를 받아가며 우리는 간신히 어머니에게 옷을 입혔다.

어머니가 천천히 걸어서 나왔다. 프랜시스 또는 우리 자매들 중 한 명의 부축을 받으면서. 이상하게도 그런 디테일들이 기억나지 않는다. 어머니의 등장은 일종의 승리였다. 비록 슬픈 승리였지만. 어머니는 여전히 잠들어 있는 것처럼, 즉 입면 상태에 있는 것처럼 보였다. 의식이 돌아오지 않은 것 같았다.

어머니는 마지막 생일파티에서 축하 노래를 한 번 더 불러달라고 말했다.

어머니는 앉아 있었고 여전히 말을 하지 않았다. 어머니는 친구들이 그곳에 있다는 것은 인식하고 있는 듯했다. 어떤 의미에서 인식했다고 말할 수 있는지는 모르겠지만. 우리는 좁고 길쭉한 샴페인 잔을 높이 들고서 어머니께 "해피 버스데이" 노래를 불러드렸다. 어머니는 미소를 지었다. 노래가 끝나고 어머니에게 무슨 생각을 하는지, 어떤 기분인지 물었을 때 이렇게 말했다. 어머니가 그냥 자발적으로 말했을 수도 있다. "다시 불러줘." 그래서 우리는 다시 불렀다. 그게 마지막 파티였다.

어머니가 돌아가시기 약 6주 전에 나는 구겐하임

펠로십에 선정되었다. 그동안 여러 차례 지원했고 탈락할 때마다 우울했다. 많은 예술가들이 그럴 것이다. 그런데 마침내 받게 된 것이다. 이걸 여기 쓰는 이유는 내가 어머니에게 그 사실을 알렸다는 데 있다. 어머니의 상태가 괜찮을 때였다. 침대에 일어나 앉아 있었던 어머니는 종소리처럼 또렷한 목소리로 말했다. 좋은 소식이구나.

베개에 몸을 기댄 채로 어머니는 두 팔을 내밀었다. 어머니는 노래 부르듯 말했다. 멋지구나, 정말 영광이야, 등등. 어머니는 극적으로 굴었고 마치 오페라 가수 같았다. 나는 생각했다. 어머니가 구겐하임이 뭔지 아네.

그로부터 한두 주 뒤에, 같은 무대에서, 이번에도 정신이 말짱한 어머니가 침대에 일어나 앉아 있었고 나는 어머니 침대 발치에 앉아 있었다. 어머니는, 흔히들 하는 표현으로, 뜬금없이 말했다. 그러나 뜬금없지 않았다. "내가 마음만 먹었으면 너보다 더 뛰어난 작가가 되었을 거야."

"어머니, 자기 딸을 상대로 경쟁심을 불태우는 건 별로 좋지 않아요."

"나는 경쟁심이 강한 사람인걸." 어머니가 말하면서 나를 바라봤다. 나는 어머니가 도전적인 표정을 하고 있었다고 생각한다.

나는 아무말도 하지 않았다. 치졸하다, 의미심장하다, 한심하다. 할 말이 없었다.

어머니는 이른바 있는 그대로의 진실을 말했다.

어머니의 마지막 주들은 이미지로 되돌아온다. 침묵이 많은 부분을 차지했다.

어머니의 한쪽 폐에 폐렴이 생겼고, 어느 날 밤 근처 병원 응급실로 이송되었다. 그곳의 젊은 의사들과 인턴들은 어머니의 폐렴을 치료하고 싶어 했다. 어머니는 얼굴에 대상포진도 났는데 그게 아주 고통스러운 안면신경통으로 발전했다. 그러나 의사들은 어머니에게 진통제를 투여하기를 원하지 않았다. 어머니의 폐에서 무슨 일이 벌어지고 있는지 경과를 관찰하기를 원했고 어머니 폐에서 염증을 제거하고 싶어 했다.

나는 한 인턴이 채혈할 적당한 정맥을 찾아 어머니의 목에 바늘을 찔러 넣는 것을 보았다. 어머니에게서 정맥을 찾기는 쉽지 않았다. 어머니는 움찔거렸고 통증 때문에 비명을 질렀다. 나는 인턴에게 멈추라고, 어머니가 고통스러워하고 있다고 말했다. 자신들은 어머니의 폐렴을 치료하길 원하다고 그는 말했다. 강경하게, 아마도 화를 내면서 나는 말했다. “어머니의 폐가 깨끗해지건 말건 상관 안 해요. 우리는 어머니가 고통받지 않기를 원해요."

쉽지는 않았지만 돌고 돌아 캐롤라이나 언니는 어머니의 병실에서 4층을 더 올라가면 호스피스 병동이 있다는 사실을 알아냈다. 간호사와 의사는 우리에게 그 사실을 언급하지 않았다. 그곳은 미국 최초의 호스피스 병동 중 하나였다. 우리는 호스피스 병동으로 올라갔고 그 병원 소속 노인정신의학과 전문의 닥터 M과 상담했다. 우리는 정말로 운이 좋았다. 닥터 M은 어머니와 우리를 기꺼이 도왔다.

나는 상담 내용을 기록했다. 지극히 현실적으로. 권장: 더 많은 수액, 어머니가 정맥 주사를 빼버려서. 어머니에게 정맥 주사가 잘 맞지 않는다. 정맥 찾기가 힘들다, 자꾸 찌르고 찾는 게 아주 힘들다(어머니에게). 흡인과 기침은 폐렴 때문. 수액을 위해: 쇄골하부 포트, 어머니에게 중요하다. 코로 비위관 삽입. 경피적 내시경 위조루술 관, 위에 삽입. 이것도 불편할 것이다. 기침과 흡인에는 애플소스, 걸쭉하게 만든 액체. 매우 쇠약. 세로켈Seroquel〔중추신경계에서 기분과 행동을 조절하는 신경전달물질의 과잉 활성을 억제한다〕, 저용량 아티반Ativan〔벤조디아제핀 계열의 항불안제로 뇌에서 신경 흥분을 억제하여 불안 및 긴장을 감소시킨다). 고용량 타이레놀 현탁액. 대상포진을 위한 저용량 뉴론틴Neurontin(신경의 손상 및 비정상적인 신경 기능으로 인한 통증과 간질 환자의 발작을 치료하는 약물) 캡슐.

닥터 M은 어머니가 병원을 나와 집에서 호스피스 케어를 받아야만 한다는 걸 이해했다. 그녀는 우리가 어머니를 집으로 모시고 가고 싶어 한다는 것을 알게 되자, 서둘러 가정 호스피스 절차를 밟아주었다. 나중에 알게 되었지만, 대단한 일을 해준 것이었다. 닥터 M을 만난 건 천운이었다. 가정 호스피스를 신청하고 시작하려면 일반적으로 훨씬 더 많은 시간이 걸린다.

그날은 금요일이었다. 닥터 M은 주말에 다른 곳, 학회에 가야 했다. 남부로 간다고 했던 것 같다. 월요일이 되어야 어머니가 병원에서 퇴원할 수 있다고 닥터 M이 설명했다. 닥터 M은 다시 연락하겠다고 말했고, 실제로도 그렇게 했다. 닥터 M은 남부로 가는 기차에서 전화를 걸어 어머니가 어떻게 지내고 있는지 확인했다. 정말로 감사했다.

주말 동안 병원에서는 아무 일도 일어나지 않았다. 나는 주말에는 심각하게 아플 생각이 전혀 없다. 아끼는 친구가 주말에 병원에서 죽었다. 친구를 진료하던 담당의와 의료팀이 없었기 때문이다.

그래서 우리는 기다려야 했다. 어머니는 침대에 누워서 아무 말도 하지 않았고, 누가 봐도 불편해 보였다.

월요일이 되자 닥터 M은 우리가 어머니를 집으로 모시고 가정 호스피스 서비스를 받을 수 있도록 조치를 취했다. 몇 주 전에, 어머니가 폐렴에 걸리면 가정 호스피스 서비스를 받을 수 있었다는 사실을 알지 못했던 것이 아쉽다. 솔직히 말하면 어머니가 언제 폐렴에 걸렸는지 기억나지 않는다. 그로부터 2주 전의 일들이 기억나지 않는다. 어머니의 생일파티가 있었고, 그날 어머니는 상태가 썩 좋지는 않았지만 그래도 사람들을 만나러 나왔다. 아마도 그 후에 폐렴에 걸린 듯하다.

이제부터는 완화 의료가 필수적이었다. 어머니를 진찰한 의사들 중 아무도 완화 의료가 필수적이라고 언급하지 않았지만, 돌아보면 어머니는 닥터 A와의 마지막 진료일에도 상태가 괜찮았다. 아마도 우리는 어머니가 작은 뇌졸중을 겪기 시작했을 무렵부터 노인정신의학 전문의와 상담했어야 했는지도 모른다. 노인정신의학 전문의들은 노인 환자를 다르게 바라본다. 치료법에 대해 얘기하는 대신 판별한다. 예컨대, 죽음을 기준으로 환자의 신체가 어느 정도 상태인지를 가늠한다. 환자 스스로가 자신의 임종에 대해 어떻게 생각하는지를 살핀다.

우리는 더 일찍 호스피스 병동에 연락을 취했어야 했다. 우리는 이 일에 초보였고, 어머니가 임종 과정에 들어서면 무엇을 해야 하는지 안내받은 적이 없었다.

그러나 기정사실화된 죽음조차도 여전히 부정당할 수 있다.

캐롤라이나 언니가 어머니와 함께 구급차에 탔다. 거리에 이송용 들것에 누워 있는 어머니가 있었고 그 옆에 구급대원이, 그리고 우리가 있었던 게 기억난다. 프랜시스는 그곳에 없었고, 들것이 구급차에 실리는 장면도 기억난다. 캐롤라이나 언니가 어머니와 함께 구급차에 탔다. 어떤 게 기억에 남는지, 그리고 그런 것이 대개 머릿속 사진으로 남는다는 게 흥미롭다.

어머니는 들것에 실린 채로 아파트로 굴러들어왔다. 나는 그곳에 있었다. 거실을 통과해 침실 쪽으로 향하는 어머니가 눈을 들었고 벽에 걸린 자신의 그림 두 점을 보았다. 나는 어머니가 그 그림을 알아봤다고 믿는다. 집에 돌아왔다, 익숙한 곳으로. 아마도 그랬을 것이다. 그 사실이 어머니를 위로했을 것이다.

집에서 임종을 맞이하는 것은 항상 내게 '좋게' 들렸다. 병원에서 죽는 것보다는 더 좋은 임종, 더 존엄한 임종이라고 생각했다. 집에서의 임종은 온화한, 차분한 마무리라는 이미지, 안락하고 따뜻한, 죽음을 맞이하는 좋은 방식이라는 이미지를 불러일으킨다. 익숙한 환경에서 임종이 이루어질 것이고 무엇보다 의식이 있는 상태라면 그 사실이 도움이 될 것이다. 충분히 신빙성 있게 들렸다. 또한 우리는 병원에서 알게 된 응급병동 간호사와 함께 집으로 돌아왔다. 우리가 어머니를 돌보는 것을 도와줄 예정이었다.

그것은 좋은 장면이었다. 어머니가 들것에 실려 아파트로 들어온다. 나는 어머니가 자신의 그림 두 점을, 놀란 표정으로 바라보는 모습을 지켜본다. 그것이 여전히 내 머릿속에 있는 장면이다. 그 뒤로는 아무것도 좋은 것이 없었다.

어머니를 집에서 죽음을 맞이하도록 함으로써 짊어지게 된 책임감의 정서적·심리적 무게는 내 상상을 훨씬 뛰어넘는, 엄청난 것이었다.

어머니가 집으로 돌아온 다음 날, 화요일에 나는 강의 때문에 올버니에 있었다. 노인정신의학 전문의가 방문했다. 그녀는 뉴욕 언니에게 말했다. "환자분은 적극적으로 죽어가고 있습니다." 올버니에 갈 때 나는 어머니에게 2~3주는 남아 있다고 생각했다. 강의를 마친 뒤 오후 5시 30분경 집에 전화를 걸었을 때 나는 의사의 진단을 전해 들었다. 어머니는 "적극적으로 죽어가고" 있었다. 그런 모순어법에 나는 얼이 빠졌다〔원문의 표현 "actively dying"을 모순어법이라고 한 것이다〕. 나는 생각했다. 내일 아침에 가면 되겠지. 그러고는 동료 교수의 집에 저녁식사를 하러 갔다. 동료들은 내가 미처 알아차리지 못한, 또는 알아차리기를 거부한 사실을 알아차렸다. 나는 쇼크 상태였다. 아마도. 동료들은 내가 집에 가야 한다는 걸 알았다. 나는 몰랐지만, 그러기로 했다. 동료 강사의 집에 앉아 있었던 것이 기억난다. 다른 것은 아무것도 기억나지 않는다. 모든 사람들의 시선이 나를 향하고 있는 것을 느꼈다는 것만 빼면.

또 다른 친구가 차로 나를 고속버스 터미널에 데려다줬다. 어두운 버스에 올라타는 것이 어렴풋하게 기억난다. 조용한 여정이었다고 생각한다. 나는 생각하지 않고 있었다. 아무것도 인식하지 않고 있었다. 시간 또한 아무것도 아니었다. 어느덧 버스가 포트오소리티Port Authority 터미널 건물에 도착했고, 불안감이 엄습했다. 그때가 대략 새벽 1시였다. 나는 택시를 잡아탔다. 어머니의 아파트에 들어간 게 기억난다. 두 언니 모두 그곳에 있었다. 순간들이 함께 으스러진다.

프랜시스는 그곳에 없었다. 프랜시스는 어머니가 죽는 것을 보고 싶어 하지 않았다. 프랜시스는 내게 그렇게 말했다. 그러나 다른 무언가가 프랜시스로 하여금 떠나게 했는지도 모른다. 나중에 우리 가족은 프랜시스가 어머니와 함께해준 시간을 고려해 그녀에게 꽤 큰 금액의 돈을 줬다. 사실, 나는 그 돈에 돈을 더 얹어주었다. 그리고 프랜시스는 곧장 다른 일자리를 구했다. 우리 친구 중에 한 명이 누군가를 필요로 하는 누군가를 알았고, 그래서 프랜시스는 그렇게 자리를 잡았다. 그러다 모든 것이 흔들렸다. 그러나 그건 나중의 일이었다.

죽어가는 것은 활동이다. 장기들이 엔트로피를 향해 각자 맡은 바 소임을 다한다. 기능을 완전히 상실하기까지는 시간이 걸린다. 몸은 마지막까지 활동한다. 너무나 이상하다. 먹고 마시지 않으면 사람은 최장 2주까지 산다.

어머니의 고양이 콜레트가 어머니 곁에 누워 있다. 어머니는 말을 하거나 우리를 알아보지 않았다. 잠들어 있는 것처럼 보였다. 우리가 고용한 응급병동 간호사는 그녀의 표현을 빌리자면 계속 "어머니를 닦았다." 어머니를 닦을 필요가 없었는데도. 어머니는 속에 남은 액체가 없었으므로 닦을 것도 없었다. 소변도, 대변도, 구토물도 없었다. 어머니는 납작해져 있었다. 판자였다. 살이 없었다. 앞뒤도 없었다. 앞과 뒤가 동일했다. 마치 이미 죽은 사람처럼 굳어 있었다. 간호사는 어머니를 움직였다. 어머니의 자세를 바꿨다. 그러면 어머니는 통증을 느꼈다. 어머니가 통증을 느끼는 것처럼 보여서 내가 간호사에게 통증을 덜어줄 수는 없느냐고 물었다. 간호사가 말했다. “죽는 건 힘든 일이에요.”

나는 뉴욕 언니에게 말했다. 그 간호사를 내보내야 한다고. 우리는 다음 날 아침에 출근한 간호사를 해고했다. 출근 전에 그 여자에게 전화를 했지만 통화가 연결되지 않았다. 이미 출근길에 오른 뒤였다. 그 여자가 어머니 집에 도착한 뒤에야 말할 수 있었다. 간호사는 기분이 상한 것 같았지만 우리도 어쩔 수 없었다. 간호사의 접근법이 틀렸다. 죽어가는 사람에게는 끔찍하게 틀린 접근법이었다. 가혹했다. 간호사에게 그날 일당을 지급했고 집에 타고 갈 택시비도 따로 챙겨줬다.

어머니는 움직이거나 말을 하지 않은 채 오로지 숨만 쉬었다. 입이 활짝 벌어져 있었고, 고개는 베개 너머로 살짝 젖혀져 있었다. 어머니는 내내 입을 떡 벌리고 있었다. 어머니가 마지막에서 두 번째로 말한 단어를 나, 어머니의 뜨개 강사, 마사지 치료사가 들었다. 그 두 사람은 어머니 침실에서 이야기를 나누고 있었는데 어머니가 두 사람의 이야기를 듣고 있었던 게 틀림없다. 불쑥, 어머니가 말했다. "멍청이!" 뜨개 강사는 감탄했다. "소피다워요"라고 웃으면서 말했다.

어머니의 마지막 말은 여전히 어머니 곁에 꼭 붙어 있는 고양이에게 한 것이었다. 고양이는 어머니의 왼손을 가지고 놀고 있었다. "가만히 있어." 어머니가 말했다. 그러자 고양이가 가만히 있었다.

임종 과정은 기본적으로 괭이밥의 이파리가 밤에 닫히는 것과도 같아서 눈에 보이지 않는다. 겉으로 드러나는 징후, 죽음이 가까워졌다는 징후는 발가락이 안으로 굽는다는 것이다. 마치 뭔가를 움켜쥐듯이.

그 과정은 출산 과정과 같다고 나는 생각했다. 반대 방향으로 진행되는.

노인정신의학과 전문의가 우리를 위해 가정 호스피스 케어를 주선했다. 실은 정말 너무 늦게 신청했지만, 노인정신의학과 전문의가 그 일을 관철시킨 것이 우리에게는 천운이었다. 닥터 M이 서비스에 등록해준 덕분에 호스피스 간호사가 아주 중요했던 두 날 밤에 방문해주었다. 호스피스 간호사는 사람이 어떻게 죽는지, 죽음에 이르기까지의 단계들, 진행 과정, 어떤 징후를 눈여겨봐야 하는지를 설명하는 소책자를 두고 갔다. 또한 비상약품 꾸러미를 두고 갔다. 아티반, 모르핀, 아트로핀. 그 간호사의 도움이 없었다면 정말 끔찍했을 것이다. 생각조차 하기 싫다.

나는 아트로핀에 대해서는 들어본 적이 없었다. 나는 사람이 죽을 때 내는 꼴까닥 소리가 존재론적 사실 정보, 삶과 죽음이 맞서 싸우는 전투의 한 조각인 줄로만 알았다. 아마도 제임스 조이스의 단편소설에서 그런 얘기를 읽었던 것 같다. 그러나 실제로는 전혀 그런 게 아니었다. 사람이 죽을 때 목에서 내는 소리는 반드시 내야만 하는 소리가 아니었다. 그 소리는 더 이상 목구멍으로 넘어가지 않아서 입안에 고인 침이 만드는 소리다. 죽어갈 때 삼킴 기능이 멈추기 때문이다. 아트로핀은 입안의 침을 마르게 하므로 꼴까닥 소리가 나지 않게 된다.

죽는 건 힘든 일이다. 여러 면에서 그렇다. 당연하다. 그러나 그 꼴까닥 소리는 필수 요소가 아니었다. 그리고 앞서 우리가 해고한 응급병동 간호사가 아트로핀을 권하지 않은 것은 잘못된 행위였다. 그 간호사는, 어떤 의미에서는, 어머니에게 해를 끼치고 있었다. 그것 또한 그 간호사가 해고된 또 다른 이유다.

캐롤라이나 언니와 나는 각자 알람을 설정했다. 거의 24시간을, 어머니가 통증에 시달리지 않도록 매시간 깼던 것 같다. 나는 스포이드를 채워서 언니에게 건넸다. 언니는 어머니 입속에 스포이드를 넣고 모르핀과 아티반 액을 양쪽 뺨 안쪽에 떨어뜨렸다. 그리고 아트로핀도. 어머니는 단 한 번도 깨지 않았다. 혼수상태였을 가능성이 높다. 적어도 의식은 없었다.

죽는 순간에 어머니는 우리에게, 어머니의 자녀들에게 어떤 작별의 말도 남기지 않았다. 그런 일은 흔하다는 사실을 나중에 알게 되었다. 지속적인 침묵. 유명인의 마지막 말, 심오하고 재치 있고 우스꽝스러운 말을 정리한 책들이 출간된다. 어머니는 아무 말도 하지 않았다. 나흘 동안 단 한마디도 하지 않았다. 그것은 그 나름의 방식으로 심오했다. 그 이후로 내내 나는 내가 왜 어머니에게 묻지 않았는지 곰곰이 생각했다. 어머니가 아직은 임종 과정의 첫 단계에 있었을 때 어머니가 무엇을 느끼는지, 어머니가 뭔가를 느끼기는 하는지. 어떤 것이라도 하고 싶은 말이 있는지. 나는 묻지 않았다. 우리 중 누구도 묻지 않았다. 적어도 나는 그렇게 알고 있다.

경외감을 의미하는 단어 'awe'와 경탄할 만하다를 의미하는 'awesome'은 일출과 일몰, 그리고 인간사에서 그에 해당하는 탄생과 죽음을 일컫는 말이었음이 틀림없다. 'awe'를 발음하면 'oh'(오)처럼 들린다. 그 단어들은 특히 끝을 위해, 마지막을 위해 만들어진 듯하다. 오Oh! 오Aw! 오Oh!

어머니가 죽는 것을 곁에서 지켜보기. 나는 움직일 수도, 말을 할 수도, 뭔가를 물을 수도 없었다. 나는 붕 뜬 채로 멈춰 있는 상태였다. 내 눈앞에서 벌어지는 일, 한 여자가 죽어가는 일은 일어나지 않고 있기도 했다. 나는 그 일을 관찰했다. 어머니가 느린 속도로 해체되는 것을. 임종은 피할 수 없는 일이지만, 당신이 아는 그 무엇과도 동떨어진 죽음의 과정을/임종 과정을 지켜보는 일은 미친 짓처럼 느껴진다. 죽음은 언제나 뜻밖의 사건이다. 예상하고 있을 때조차도 그렇다. 그리고 이 너무나도 인간적인 사건은 여전히 불가피하고 이해할 수 없는 사건이다. 당신이 보고 있는 것을 보고 있다는 것이 믿기지 않고, 또한 당신은 당신이 보고 있는 것을 보지 못한다. 그러다 그 일이 일어난다.

우리 자매들은 각각 돌아가면서 어머니 침대 옆에 앉아 어머니에게 말을 걸었다. 원하는 사람은 어머니와 단둘이 있을 수 있었고, 우리는 그렇게 했다. 나는 내가 무슨 말을 했는지 기억나지 않는다. 나는 엄청나게 많이 울었는데 이 행동은 내가 어머니에게 느끼는 감정과는 어울리지 않았다. 죽음은 나를 겁에 질리게 했고 나를 완전히 사로잡았다. 나는 이 경외감으로 가득한, 그래서 끔찍한 절묘함에 붙들려 있었다.

우리 자매들의 어머니와 아버지는 우리 각자에게 다른 사람이었다. 형제자매가 자신들의 부모를 서로 다르게 경험한다는 것은 놀랍지만 사실이다. 그리고 각 형제자매는 "그건 아버지가 나를 대한 것과는 달랐어" 또는 "어머니는 널 더 예뻐하셨어" 그리고 "우리는 다른 부모 밑에서 자랐어"라고 말할 수 있다. 그것이 형제자매간 불화의 주된 뿌리다. 부모 경험의 차이가 얼마나 큰지 완벽하게 파악하기란 쉽지 않다. 도널드 위니코트 Donald Winnicott(1896~1971, 영국 출신의 소아과 의사이자 정신분석학자)가 말한 충분히 좋은 엄마가 어떤 자녀에게는 충분히 좋은 엄마일 수 있지만, 다른 자녀에게는 충분히 좋은 엄마가 아닐 수도 있다.

마지막 숨이 바로 앞선 숨으로부터 15~20초 후에

온다는 사실을 우리는 알고 있었다. 어머니가 숨을 쉬지 않고 있을 것이다. 그러다가 공기를 빨아들이기 위해 마지막 숨을 들이마실 것이다. 아니면 어머니 폐에 남은 공기가 빠져나오는 마지막 큰 숨을 내쉴 수도 있다. 우리는 그 숨을 기다렸다. 밤을 지새우며.

어머니가 돌아가시기 이삼 일 전, 프랜시스가 다니는 성당의 성가대 지휘자와 그의 두 살 내지 세 살인 딸이 찾아왔다. 두 사람은 그전에도 어머니를 서너 번 찾아왔었다. 지휘자는 자기 딸에게 어머니를 보여주고 싶어 했다.

죽어가는 동안 어머니의 입은 활짝 벌어졌고 어머니의 표정은 일그러져 있었다. 어머니는 마치 통증에 시달리고 있는 것처럼 보였다. 실제로는 그렇지 않았지만. 우리는 어머니의 그런 모습을 어린아이에게 보여주고 싶지 않았다. 뉴욕 언니가 그에게 말했다. 아니요, 죄송하지만 당신 딸에게 어머니를 만나게 할 수는 없습니다. 지휘자는 죽어가는 사람을, 죽음을 보는 것이 자신들의 신앙의 일부라는 식의 얘기를 했다. 언니는 다시 한 번 말했다. 아니요, 우리는 당신 딸이 지금과 같은 어머니를 보기를 원치 않습니다. 지휘자는 몹시 실망했다. 나는 그 딸의 머릿속에 이 추한 이미지가 들어가지 않게 된 것에 안도했다.

어머니의 마지막 날, 캐롤라이나 언니는 어머니의 침대 옆에서 책을 읽고 있었고 나는 침대 발치에 앉아서 어머니를 바라보고 있었다. 뉴욕 언니는 잠시 휴식을 취하고 있었다. 다이닝룸에서 아침 또는 점심을 먹고 있었다. 뉴욕 언니는 원래 잘 먹지 않는다.

나는 잠깐 시선을 돌렸고, 다시 어머니를 봤을 때 어머니가 숨을 쉬고 있지 않다는 것을 깨달았다. 꽤 여러 초 동안 숨을 쉬고 있지 않고 있었다. 숨을 들이마시는 움직임이 없었다. 나는 침실 문으로 달려가서 식사를 하고 있는 언니를 불렀다. "언니, 와, 당장." 언니는 말 그대로 접시를 다이닝룸 식탁 위로 떨어뜨리고는 침실로 뛰어 들어왔다.

그렇게, 어머니가 돌아가셨을 때 우리 세 자매는 어머니 곁에 있었다.

나는 뼈밖에 남지 않은 어머니의 어깨에 손을 얹었다. 어머니가 몹시 고통스러운 마지막 숨을 쉴 때 어머니의 한쪽 어깨가 앞으로 튕겼다.

어머니는 이미 사후경직에 들어갔고 판자처럼 빳빳

하게 굳었다. 어머니의 입은 딱 벌어져 있었는데 다물게 할 수가 없었다. 어머니의 턱은 고정되어 있었다. 어머니가 입을 다물도록 아래턱을 억지로 밀어올리면 턱이 부서질까 봐, 그리고 떨어져나갈까 봐 겁이 났다. 어머니의 벌어진 입 때문에 어머니는 마치 고문을 당하고 있는 것처럼 보였다. 지옥에서 고통받고 있는 가고일gargoyle(흔히 큰 사원의 지붕 네 귀퉁이에 설치되는 날개 달린 괴물로, 악마의 이미지를 형상화했다는 설도 있고, 망 보는 역할을 하는 수호신이라는 설도 있다) 석상 같았다. 마치 어머니의 죽음이 일어나지 않은 듯했다. 임종 과정이 시작되었을 때 어머니의 입이 열렸고, 죽을 때까지 열린 상태로 있었다.

어머니는 새벽 1시 정각에 돌아가셨다. 4월 29일 토요일이었다. 4월 29일은 재즈 피아니스트 듀크 엘링턴의 생일이었다. 어머니는 통증을 전혀 느끼지 않았다. 마지막 2~3일 동안, 그리고 죽음의 순간에 통증을 느끼지 않는 것처럼 보였다. 캐롤라이나 언니와 나는 어머니에게 약을 투여해 혼수상태에 빠뜨렸다.

그다음에 무슨 일이 있었는지는 기억나지 않는다. 누가 누구를 불렀는지도. 시 검시관에게 연락을 취했다. 시 검시관이 사망확인서를 준비해야 했고 시에서 어머니의 시신을 가져가야 했기 때문이다. 그들, 똑같은 재킷을 입은 몸집이 작은 남자 두 명이 우리에게 고개를 끄덕이며 인사했고 빈 들것을 밀면서 어머니의 침실로 들어갔다. 들것에는 벨트가 달려 있었다. TV나 영화에서 본 익숙한 들것이었지만 이 장면에서는 이상하게도 낯설게 느껴졌다. 두 남자가 다시 등장했을 때는 시체 운반용 부대에 들어 있는 어머니를 들것에 묶어서 운반하고 있었다. 우리 자매들은 두 남자가 자신들이 맡은 일을 지나치다 싶을 만큼 효율적으로 수행하는 것을 지켜봤다. 그들은 어머니를 침실에서 밀고 나와 현관문으로 신속히 이동했고, 사라졌다. 어머니의 시신과 함께. 우리는 그것을 봤다, 그 검은색 비닐 부대를. 약 2~3초 동안. 이제 어머니는 그냥 사물일 뿐이었다. 예외적인 것, 물체, 아무것도 아닌 것. 남자들의 전문성이 어머니의 부존재를 심화했다. 이것은 모든 사람에게, 누구에게나 행해지는 일이었다. 그 작업의 비인격성이 어머니의 새로운 무無를 증폭시켰다.

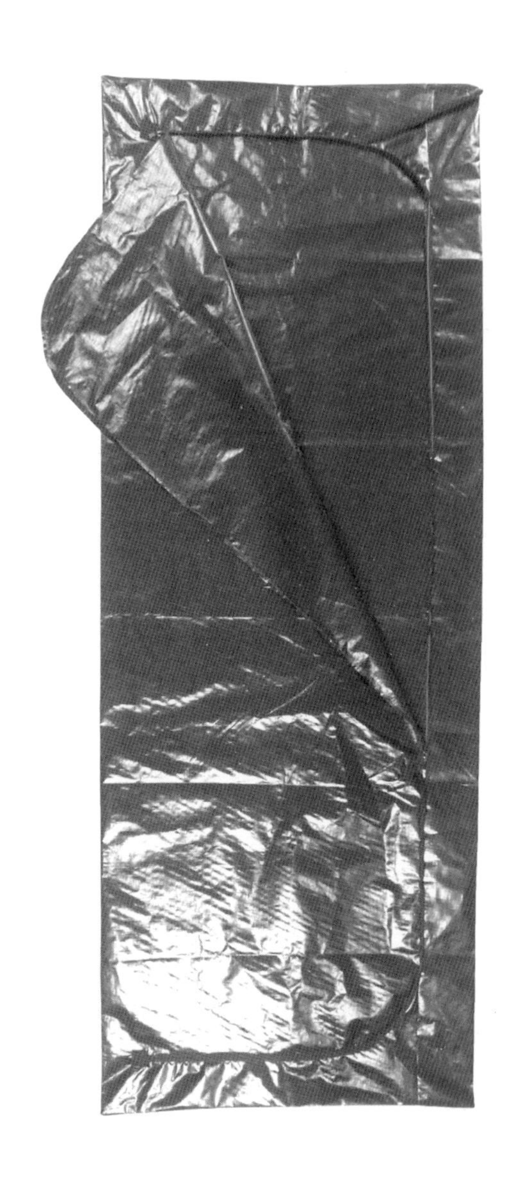

우리 자매들은 어머니의 시신이 담긴 검은색 비닐 부대를
잠시 응시했다.

사후
死後

Tempus edax rerum.

시간, 모든 것을 삼켜버리는 자.

—오비디우스

5월 초에 우리 자매들은 『뉴욕타임스』에 부고를 실었다. 우리는 어머니가 사망했을 당시 어머니를 돕고 있던 사람들과 어머니의 가장 오래된 친구들, 아직 살아 있는 친구 두 명의 이름을 언급했다. 어머니보다 먼저 돌아가신 친구들이 아주 많았다. 아흔여덟 살까지 살면 그건 어쩔 수 없는 일이다. 우리는 어머니가 살던 아파트 건물 관리직원들에게 감사 인사를 했고, 어머니의 의사들, 예컨대 내과 전문의, 신경과 전문의, 신경외과의, 피부과 전문의의 이름을 나열했다. 부고는 내가 썼고(내가 부고란의 열렬한 독자이기 때문일 것이다) 1938년에 방송된 오손 웰스의 라디오 드라마 《우주 전쟁》에 대해 어머니가 현명하게 대응했던 일화도 부고에 넣었다. "채널을 돌려봐요."

신경과 전문의는 자기 이름이 언급된 것에 감동받은 나머지 우리에게 편지를 보냈다. 그는 어머니가 활기와 회복탄력성이 대단한 사람이었다고 말했다. 어머니는 강인한 사람이었고 어머니의 의사들은 그 점을 존경했다. 나는 그 신경과 전문의가 자신의 노인 환자들을 더 긍정적이고 실험적인 관점에서 바라보게 되었을 거라는 느낌이, 희망이 든다. 그러나 확신할 수는 없다.

또한 우리는 시바-웨이크(시바는 유대교의 장례문화를 말하고, 웨이크는 게일족의 장례문화를 말한다), 줄여서 내가 셰이크라고 부르게 된 장례식을 준비했다. 두 가지 장례식 모두 고인을 떠나보내는 데 적합한, 살아 있는 사람들을 위한 의례다. 진짜이든 꾸며낸 것이든 장례식의 흥겨운 분위기. 사별한 유족의 집에서 친구들이 주는 위안. 이야기와 음식, 술과 농담이 전하는 위로. 우리가 준비한 장례식은 엄밀하게는 이 장례식도, 저 장례식도 아니었다. 퓨전 장례식이라고도, 완전히 새로운 유형의 장례식이라고도 할 수 있을 것이다.

술, 와인, 음식은 우리가 준비하겠다고, 아무것도 가져오지 않아도 된다고 했지만 많은 사람이 꽃을 가져왔다. 우리는 이틀 동안 저녁 6시 이후에 친구와 동료들의 방문을 받았다. 사람들과 하루 종일 함께 있을 필요는 없었다. 또는 사람들과 하루 종일 함께 있고 싶지는 않았다. 모든 음료와 음식을 무상으로 제공한 것이 특이하다고, 일반적이지는 않다고 한 친구가 내게 말했다.

오랜 친구 두어 명에게 어머니의 그림을 보여주고 싶었다. 그중 한 명은 뛰어난 화가이고 다른 한 명은 작가다. 어머니의 마사지 치료사가 친구들과의 내밀한 교감의 순간에 불쑥 끼어들어 그 순간을 망쳤다. 왜 그런 행동이 내 마음을 그토록 상하게 했는가 하는 것도 흥미로운 질문이지만, 어쨌거나 그 뒤로 그 마사지 치료사에 대한 내 감정이 완전히 틀어졌다. 나 자신의 정서 상태에 대한 통제권을 빼앗겨서라고 설명할 수 있겠지만 여전히 좀처럼 이해가 되지 않는다. 그런데 내가 그런 일을 겪은 게 처음이 아니었다. 몇 년 전에 친한 친구가 내가 웃는 걸 멈추게 하려고 내 목덜미를 잡았다. 그 손이 바이스처럼 꽉 조여들었고 나는 충격에 마비되었다. 웃는 걸 멈추기는 했다. 문학작품 낭독회에서 있었던 일이다. 나도 낭독자 중 한 명이었다. 나중에 그 친구가 다가와서 나를 안았고 나는 조금 움찔했다. 나도 모르게 절로 그렇게 됐다. 그 후로 몇 년이 지났고, 나는 그 친구를 좋아하지만 여전히 그렇게 반사적으로 움찔한다. 일종의 공포 반응이다.

장례 관습들—수백 가지, 수천 가지 의례들. 그런 의례들은 다양한 문화와 종교의 감정 구조와 상관관계가 있을 것이라고 짐작된다. 다른 문화와 사회의 사람들이 울 때 내는 소리, 우는 방식은 얼마나 다른가. 매장 조건, 유골 또는 시신 매장, 매장 방향, 마대 자루 또는 매끈한 상자.

어머니를 위한 우리의 장례식은 간소했다. 추도사는 생략했고 어머니를 화장했으며 어머니의 유골은 뉴욕 언니에게 있다. 어머니가 사망한 지 얼마 되지 않았을 때, 정확하게 언제였는지는 기억나지 않지만, 나는 어머니와 아버지를 기리는 타일을 제작해 톰킨스 스퀘어 파크에 깔았다. 타일을 공개하던 날, 다른 사람들의 타일도 함께 공개되었고, 친구들이 우리 자매의 기념식에 참석했다. 기념식을 마친 뒤 우리는 친구들을 초대해 다날Danal에서 점심을 대접했다. 지금은 문을 닫았지만, 다날은 어머니가 서너 번 방문했으며 내가 정말 좋아한 이스트빌리지의 매력적인 식당이었다.

그 타일은 돌에 끼워져 있고, 영원히는 아니겠지만

무기한으로 거기에 있을 것이다. 이렇게 찾아가서 부모님을 떠올릴 장소가 생겼다. 내가 사랑하는 사람들을 기억하는 것, 그들이 존재했다는 사실을 표시하는 것은 중요하다. 나는 잊을까 봐 걱정하고, 그래서 잊지 않도록 기억을 환기시켜주는 것들을 간직한다.

아버지는 내 생일 닷새 전에 플로리다에서 돌아가셨다. 아버지가 죽은 직후에 나는 곧바로 장례식장에 전화를 돌리기 시작했다. 자발적으로 그 일을 맡았고 아무도 나를 막지 않았다. 나는 바다 수장을 해주는 장례식장을 찾았다. 아버지가 그걸 원할 거라고 생각했다. 서너 군데에 전화를 했지만 전화 받은 목소리를 듣자마자 거부감이 들었다. (그리고 장례식장을 배경으로 한 블랙코미디 영화 《고인》The Loved One이 생각났다.) 그중에 바다 수장을 하는 장례식장은 단 한 군데도 없었다. 다행히 조문차 어머니를 찾아온 아버지의 친구분이 우리에게 노틸러스협회Nautilus Society에 대해 알려줬다. 나중에 알아보니 노틸러스협회는 1960년대에 고인을 보내는 '대항문화적' 방식을 모색하고자 설립된 단체였다.

나는 협회에 전화를 걸었고, 전화를 받은 남자의 목소리는 느끼한 장의사와는 다르게 보통 사람 같았다. 우리는 화장과 바다 수장을 예약했다. 아버지는 바다를 사랑했고 바다에서 보트 타기를 사랑했다. 바다 멀미를 심하게 해서 아버지의 표현을 빌리자면 "멀미하는 개처럼 비실비실해지는" 사람이었는데도 바다로 나갔다. 아버지는 수영하길 좋아했고, 쇄파 지점을 지나 멀리까지 나가서 언제나 해안선과 일정 거리를 유지하면서 헤엄쳤다. 아버지는 수영 지구력이 좋았다.

화장하기 전에 우리 소가족이 모여 장례식을 올릴 수 있도록 아버지 시신을 방부 처리했다. 아무것도 준비하지 않은, 작별 인사만 하는 송별식이었다. 아버지는 의자들이 놓인 수수하고 음울한 빈소에 마련된 관 속에 누워 있었다. 우리, 그러니까 아버지의 딸들과 아내가 참석했고, 부모님이 늘 "빌딩"이라고 부르던 곳의 아버지 직장동료들은 한 명도 나타나지 않았다. 아버지의 사촌이 가족과 함께 마침내 나타났다. 너무 늦게 오는 바람에 우리 자매들은 추도사를 다시 읽어야 했다. 그런 다음 아버지는—나는 아버지를 대디 또는 팝이라고 불렀다— 화장되었다.

아버지는 사람들에게 인기가 좋았다. 사람들에게 사랑받았음에도 그 작별 인사를 위한 송별식에 아버지의 친구는 단 한 명도 없었다. 우리가 아무에게도 연락을 하지 않았을 수도 있다. 그랬을 가능성이 크다. 왜 그랬는지는 모른다.

어머니가 질투해 마지않는 어머니의 언니도 오지 않았다. 아버지가 매주 일요일마다 한 시간 동안 차를 몰고 마이애미까지 가서 어머니의 언니를 태우고 장을 보러 다녔는데도 말이다. 어머니의 언니는 다른 가족이 없었다. 이 점이 어머니를 화나게 했다. 아버지가 어머니의 이기적인 언니를 돕는 것이. 그 언니는 자기를 그토록 잘 돌봐준 남자가 죽었을 때 애써 그의 장례식에 참석하는 성의도 보이지 않았다.

어머니, 우리 자매들, 매부, 조카. 우리는 아버지의 유골을 뿌리기 위해, 묻기 위해 배를 타고 바다로 나갔다. 하얀색 요트에서 우리는 앉거나 서 있었다. 햇볕이 강렬하게 내리꽂혔다. 플로리다의 8월이었다. 바다로 나갔을 때 우리 자매들은 각자, 차례대로 유골함을 건네받았다. 어머니가 안 보였다. 어머니는 분명히 그 자리에 있었을 것이다. 우리는 모두 뼛조각과 뼛가루, 즉 대디를 한 줌씩 쥐고서 배 밖으로 던졌다. 내 차례가 되었을 때 요트가 움직이면서 기우뚱했고, 나는 내가 배 밖으로 떨어지고 있다고 생각했다. 무의식적으로는, 아마도 아버지를 따라가고 싶었는지도 모른다.

장례식의 의례가, 그리고 사람들이 애도하는 방식이 내 관심을 사로잡는다. 나는 E. (에피) 벤단E. (Effie) Bendann이 오래전 쓴 인류학 책 『장례 관습: 매장 의식의 분석적 연구』(1930, 키건 폴 출판사)를 구입했다. 인류학자들은 여러 문명과 사회 사이에서 유사성을 찾고 싶어 한다. 유사성은 많다. 진짜로 흥미로운 것은 미묘한 차이들이다. 어떤 사회와 부족에서는 매장된 시신의 머리 쪽에서 계속 불이 타오르도록 한다. 흔히 음식도 함께 매장되는데 이것은 고인을 위한 것이다. 플로리다의 관습은, 어느 부족의 관습인지는 모르겠지만, 장례식 중에 고인에게 음식을 바치면서 누군가 "당신을 위한 것입니다"라고 말한다. 멜라네시아에서는 장례식이 귀신에게 공물을 바치는 의식으로 여겨진다. 초기 사회에서는 귀신이 대단한 존재일 때도 있었고 아무것도 아닌 존재일 때도 있었다. 어떤 귀신은 이 세상에 머물렀다.

아버지가 돌아가시고 나서 나는 울음을 멈출 수가 없었다. 한 달 넘게 아버지의 셔츠를 입고 잤다. 나는 애도를 시작했고, 그 애도는 아직까지도 완전히 끝나지 않았다. 아버지가 돌아가시고 오랜 시간이 흐른 뒤에 나는 아버지, 아버지의 일부가 내 심장 바로 위에 박혀 있다고 느꼈다. 그것은 신체적인 감각이었다. 이따금 이스트빌리지에 있는 란자스Lanza's처럼 남부 이탈리아 전통음식을 파는 식당에 가면 나는 빌 파르미지아나veal parmigiana(송아지 고기를 넣은 파르메산 치즈 오븐파스타)를 주문한다. 아버지가 제일 좋아하는 음식이었기 때문이다. 나는 아버지가 그 요리를 먹고 맛보는 모습을 상상한다. 그러면 한 입 가득 씹으면서 감탄하는 아버지의 얼굴이 보였고 나는 내가 그 요리를 아버지를 위해, 아버지와 함께 맛보고 있다는 느낌이 들었다. 삼키기가 힘들었다.

나는 어머니를 위해 슬퍼하거나 어머니를 애도하지 않았다. 나는 안도감에 마비되었고 피로로 녹초가 되었다. 환희가 아니라 현기증을 느꼈다. 11년이라는 짐, 어머니라는 짐이 떠났다. 어머니와 마찬가지로 죽었다. 그러나 그 짐, 그 심리적 짐이 완전히 소멸하기까지는 시간이 더 필요했다. 정서적·정신적 부담이라고 생각했지만, 원칙적으로는 비신체적 부담이었지만, 또한 실질적인 무게를 지닌 신체적 부담인 것처럼 느껴지기도 했다. 그런 감각은 사라지지 않았고 어떤 면에서는 걱정이 될 정도였다. 나는 종종 불안해졌다. 내가 처리해야 할 뭔가를 잊어버렸다고 착각했다. 전화기가 있는 쪽으로 간다. 그러나 내가 잊은 것은 아무것도 없다. 어머니가 죽었다는 사실 외에는. 삶은 반사작용으로 가득하다.

†

우리 자매들은 뇌의 노화를 연구하는 병원에 어머니의 망가지고 혼란에 빠진 뇌를 기증했다. 어머니는 그 사실에 만족했을 것이다. 어머니는 아버지처럼 의학에 관심이 많았다. 그런 다음 어머니는 아버지처럼 화장되었다. 부검 보고서는 이상한 텍스트다. 언어가 지극히 의학적이다. 이런 식이다. "신경반의 밀집도가 가장 높은 부위는 뇌섬엽, 측두엽, 두정엽이다. 상대적으로 밀집도는 낮지만 후두엽에서도 신경반이 관찰된다." 나는 엽과 엽의 기능에 대한 지식이 아주 조금 있음에도 불구하고(어느 엽이 어느 엽인지는 종종 헷갈리지만) '신경반'이 무엇인지는 찾아봐야 했다('신경증'과 관련이 있을 거라고 생각했다). "노인반(신경반이라고도 부른다)은 뇌 회백질의 신경세포 바깥에서 축적되는 아밀로이드 베타의 부산물이다."

모든 문장에 내가 뜻을 모르는 단어가 서너 개에서

그 이상까지도 나와 사전을 찾아봐야 했다. 그러고 나면 그 문장에서 어떤 부분이 더 좋은 건지 더 나쁜 건지, 좋거나 나쁜 건지 또는 좋지도 나쁘지도 않은지 알 수 없게 된다.

어머니의 부검 보고서는 5페이지 분량이었다. 다음은 그 보고서의 요점, 즉 '신경병리학적 최종 진단'이다.

1) 알츠하이머병
2) 빈스방거병 (혈관성 치매)
3) 경막하혈종, 만성 (뇌출혈)
4) 경색, 좌후두엽, 만성 (혈관 폐쇄; 심장, 심장마비)

어머니의 초창기 증상은, 앞서 말했듯이 알츠하이머병 진단에 부합하지 않았다. 어머니는 상태가 호전되었고, 뜨개를 다시 배우고 책을 읽을 수 있었다. 완전한 기억 상실을 겪지 않았으며 일부 기억은 되찾았다. 알츠하이머병 환자에게는 그런 일이 일어나지 않고 기억 능력이 지속적으로 감퇴한다.

그러나 어머니의 삶에서 마지막 2년 동안 어머니는 느려졌다. 점점 더 느려졌고 할 수 있는 게 줄었다. 션트가 충분히 잘 작동해서 어머니의 병을 '치료'했거나 수두증을 완화했는지도 모른다. 아마도 나이가 들면서 다른 질병이 어머니의 뇌를 덮쳤는지도 모른다. 알츠하이머병과 혈관성 치매는 어머니 삶의 막판에 더 큰 역할을 하게 되었다. 그랬던 것처럼 보인다.

나는 내가 닥터 A에게 보낸 이메일을 찾았다. 2004년 6월 14에 발송한 것으로 찍혀 있다. 그리고 이 글을 쓰는 지금, 나는 내가 같은 날 그 이메일에 대해 글을 쓰고 있다는 사실을 깨닫는다. 비록 두 날은 16년이라는 시간을 사이에 두고 있지만. 의미가 있을 수, 또는 없을 수도 없지만 어쨌거나 다소 기묘한 또 하나의 우연이다. 어머니의 내과 전문의에게 보낸 편지의 세부 내용을 보면 어떤 경계 태세가 필요한지, 또는 우리 자매들이 스스로에게 요구한 경계 태세가 무엇인지를 알 수 있다.

닥터 A에게,

어머니는 프랜시스가 돌아온 뒤로 밤새 깨지 않고 자는 새로운 일정을 이틀 밤 동안 유지했습니다. 그러니까 어머니가 약 12일 동안 잘 주무셨다는 걸 말하죠. 그러고는 삼사 일 정도 '나쁜' 밤도 있었어요. 첫 나쁜 밤에는 잠을 안 주무셨을 뿐 아니라 아주 흥분되고 격노한 상태였어요. 당신이 감옥에 있다고 생각하셨죠. 그 후로 삼사 일 정도 나쁜 밤이 계속되었어요. 첫 나쁜 밤만큼 흥분한 상태는 아니었지만요. 그런 다음 이번 토요일 밤(12일)부터 다시 잘 주무시기 시작했어요. 어제 프랜시스가 얘기해준 겁니다. 지금 언니에게 전화가 왔는데 어젯밤에 어머니가 주무셨다가 깨셨을 때 프랜시스를 못 알아봤다고 해요. 그래서 프랜시스가 언니에게 전화를 걸었고, 언니가 전화로 어머니랑 얘기하면서 진정시켰다고, 어머니의 흥분을 가라앉혔다고 합니다.

프랜시스의 말로는 꽤 오랫동안 어머니가 이런 패턴을 보였다고 해요. 며칠은 잠을 안 자다가 또 며칠은 다시 괜찮아지는 식으로요. 다만 못 알아봤다는 얘기에 대해서는 어떻게 받아들여야 할지 잘 모르겠어요. 어느 날 밤 어머니가 주무시다가 깨셨을 때 제가 어머니 방에 들어갔더니 저를 못 알아보신 적이 있거든요. 그건 어머니가 꿈과 현실을 구별하지 못했기 때문이라고 생각해요. (…) 요즘 어머니의 뇌는 굉장히 이상한 기계 같아요.

나는 닥터 A에게 어머니가 복용하기 시작한 지 좀 된 팍실Paxil이라는 약에 대해 묻는다. 오히려 역효과가 날 수도 있다는 글을 읽었어요. 항우울제를 복용하면 생길 수도 있는 일이라고요. 다른 부작용도 있을 수 있고

요. 약을 바꿔야 하지는 않을까요?

어머니가 보인 증상들은 아마도 혈관성 치매나 알츠하이머병이나 둘 다의 증상이었을 것이다.

†

우리는 두 달 동안 어머니의 임대 아파트를 비워주지 않았고, 그 일로 아파트 건물 관리사무소의 불만을 샀다. 어머니의 아파트를 비우기 위해서는 어머니의 물건을 전부 살펴봐야 했다. 무엇을 버리고 무엇을 간직할지 결정해야 했다. 그리고 누가 무엇을 원하는지도. 나는 램프 하나를 가지고 싶어 했다. 어머니가 병이 들기 몇 년 전 어머니에게 달라고 말해 두었었다. 그래서 그 램프 바닥에는 내 이름이 적힌 라벨이 붙어 있었다. 중국식 램프로, 오래되었고 무늬가 새겨져 있었고 유골함의 형상을 하고 있다.

우리 자매들끼리 물건을 나누는 일은 수월했다. 갈등이나 의견 차이가 있더라도 금세 해결되었다. 우리 중에 어머니의 물건에 그렇게까지 애착을 느끼는 사람은 아무도 없었다. 나는 그렇게 알고 있다. 한두 가지는 그런 물건이 있었을 수 있다, 그렇다. 어머니의 그림이 그런 물건이었고 우리는 어머니의 그림을 나눠 가졌다. 어머니가 내게 물려주시겠다고 했던 석류석 반지는 사라졌다. 나는 그 반지가 갖고 싶었다. 석류석이 자줏빛 꽃밭처럼 다발을 이루고 있었는데, 사라졌다.

그래서 우리는 강제 퇴거 명령을 받을 때까지 어머니의 아파트를 붙들고 있었다. 강제 퇴거를 당하는 것은 아주 불쾌한 경험이었지만, 불가피했다. 아마도. 우리는 놓아주어야 했다. 아파트만이 아니라 그 아파트가 상징하는 것, 그곳에서의 어머니의 삶, 그곳에 있는 어머니를 방문했던 20년이라는 시간을.

내 고등학교 졸업앨범—나는 그 졸업앨범의 '여학생 공동편집자'였다—에 있는 내 사진 아래에 넣은 문구는 "밤으로의 긴 여로"(미국의 극작가 유진 오닐의 유작인 4막 희곡의 제목으로, 서로를 사랑하는 동시에 증오하는 한 가족의 절망적이고 슬픈 초상화를 그린 작품)였다. 고등학교는 드라마, 멜로드라마, 희극이었다. 그러나 나는 내 가족의 슬픔과 고통에 대해, 그 슬픔과 고통이 계속 반복되는 것에 대해, 우리의 타고난 공격성에 대해 알고 있었다.

어머니의 촌철살인 한마디. "내가 마음만 먹었으면

너보다 더 뛰어난 작가가 되었을 거야." 그 말에 놀랐던 이유는 오로지 어머니가 입 밖으로 소리 내 말했다는 점에 있었다. 마치 유진 오닐의 미국적 비극에서 아들들이 서로 말다툼을 하거나 아들들이 아버지와 말다툼을 하는 장면에서 나올 법한 대사처럼 들렸다.

어머니가 돌아가신 뒤에 나는 어머니가 자신의 노래 교습 강사, 어머니가 결혼하고 싶어 했던 마사지 치료사, 프랜시스와 친하게 지냈던 내 친구에게도 그 말을 했다는 사실을 알게 되었다. 그들 중 아무도 내게 그런 얘기를 하지 않았다. 아마도 그런 얘기를 하기가 거북했을 것이다. 게다가 그런 얘기를 들은들 내가 딱히 할 수 있는 것도 없었다. 그때에는 내가 그 사실을 아는 게 도움이 되지 않았을 것이다. 당시의 맥락 속에서 내가 어떻게 반응했을지 나도 모르겠다.

나중에 한 친구가 말했다. "어머니가 네게 말한 게 오히려 다행인 거야. 그래서 이제 넌 네가 옳았다는 걸 알잖아." 어머니는 내게 엄청난 경쟁심을 느꼈다. 그러나 잘 모르겠다. 어머니의 말이 내가 아는 현실을 확인해주었지만, 어머니의 지칠 줄 모르는 경쟁의식과 내게 그걸 알리고 싶은 욕구, 그 무엇보다도 내게 그걸 알리고 싶은 욕구에 나는 굉장한 충격을 받았다.

지금부터 쓰는 것에 대해서는 다소 의구심을 품은 채로 쓴다.

병원에서, 어머니가 집에서 임종을 맞이하도록 다시 집으로 모시기 전, 나는 어머니 병상 가장자리에 앉아 있었다. 어머니는 오른손을 힘겹게 들어 올리고는 팔을 뻗어서 내 뺨을 쓰다듬었다. 그렇게 하기 위해 어머니는 엄청나게 애써야 했고 그다음에 크게 한숨을 내쉬면서 어머니는 눈을 감고 침대 위로 손을 툭 떨어뜨렸다. 그동안 우리는 내내 서로를 바라보았다. 아무 말도 하지 않은 채.

어머니의 다정한 몸짓은 다양하게 해석될 수 있다.

†

어머니는 자신의 딸 셋 모두를 질투했다. 어머니에게, 그리고 두 분에게 사랑이란 것이 무엇을 의미했건 간에 어머니는 아버지를 사랑했다. 어머니는 아버지와 아버지가 사랑하는 모든 사람에게 질투를 느꼈다. 어머니는 아버지의 사랑이 늘 부족하다고 여겼다. 어머니는 그 사실을 결코 인정하지 않았지만.

어머니의 어린 시절의 결핍은 물질적인 것이기보다는 정서적인 것이었다. 어머니의 가족이 가난했던 것은 사실이지만, 얼마나 가난했는지 나는 모른다. 애정 결핍으로 인해 어머니는 화가 나 있고 이기적이고 못된 사람이 된 것이리라. 어머니의 가족은 냉정한 사람들이었지만 어머니는 자신이 자신의 어머니를 사랑했다고 주장했다. 어머니가 자신의 아버지를 입에 올리는 일은 드물었다. 거의 없다시피 했다. 어머니가 자신의 아버지에 대해 얘기한 것은 어머니의 아버지가 자신의 보물들을 보관한 작은 나무상자에 관한 것이 유일했다. 어머니의 아버지는 아무에게도 그 상자 속 내용물을 보여주지 않았다고 했다. 그래서 어머니는 자신의 아버지를 원망하고 미워했다.

어머니는 자신의 언니를 원망하고 미워했다. 언니의 금발과 커다랗고 파란 눈을. 어머니의 부모님은 어머니는 못 간 대학교에 어머니의 언니는 보냈다. 그런데도 어머니는 자신의 어머니에 대해 이렇게 말했다, 어머니는 완벽했어. 나는 그 말을, 어머니가 스스로에게 하는 거짓말을 믿지 않았다. 자신의 어머니에게 사랑을 받은 사람은, 자신의 어머니가 완벽했던 사람은—그 완벽했다는 것이 무엇을 의미하건 간에— 우리 어머니가 자신의 아이를 대하는 것처럼 대하지는 않았을 거라고 나는 생각했다. 나는 그렇게 생각했고, 지금도 그렇게 생각한다.

갑자기 시간이 많아졌다. 시간은 공간이, 즉 자유롭게 생각하고 움직일 널찍한 공간이 되었다. 그곳에서 나는 어머니와 관련된 걱정들이 아닌 나와 관련된 걱정들을 하고, 글도 좀 쓸 수 있었다. 나는 엄청난 안도감을 느꼈다. 아마도 어렸을 때는 어머니가 보고 싶고 그리울 때도 있었을 것이다. 당연히 보고 싶었을 것이다. 그러나 나는 여덟 살 때 8주 동안 집을 떠나 여름 캠프에 가 있었는데, 그때 나는 어머니가 보고 싶지는 않았다. 갈등과 다툼이 끊이지 않는 어머니와 가족으로부터 떨어져 있으면서, 새로운 사람들과 새로운 환경에서 지내면서 앞으로 다가올 미래가 어떤 것일지 짐작할 수 있었다. 자유. 벗어날 수만 있다면. 그리고 나는, 몇 년 뒤에, 벗어났다. 어머니가 그립지 않았다.

내가 그리워한 것은, 내가 결코 가질 수 없었던 것은 좋은 엄마 또는 충분히 좋은 엄마였다. 어머니의 무조건적인 사랑을 맛보는 것이었다. 흥미롭게도 어머니가 돌아가신 뒤 내가 그리워한 것은 내가 결코 원한 적 없는 정해진 일과였다. 정해진 일과는 위안이, 위로가 될 수

내가 그리워한 것은, 내가 결코 가질 수 없었던 것은 좋은 엄마 또는 충분히 좋은 엄마였다. 뒤러의 에칭화 〈나무 옆의 마돈나〉.

있다. 자신이 뭘 하고 있는지 생각할 필요가 없기 때문이다. 그냥 하는 거다. 기계적으로.

잡지 『포브스』의 교정자로 일한 적이 있다. 교대 근무를 했고, 교정실에서는 모든 일이 매번 똑같이 돌아갔다. 창문이 없는 비좁은 교정실에서는 이른바 내 진짜 삶에 영향을 미치는 일은 아무것도 일어나지 않았다. 괜찮은 날도, 안 좋은 날도, 최악인 날도 있었다. 침울할 때도 있었다. 논쟁이 벌어지기도 했고, 불만은 넘치도록 많았다. 그러나 기본적으로 동일성이 장악하고 있었다. 그것도 나름의 이점이 있었다. 왜냐하면 나는 내 진짜 삶의 문제들을 뒤로 미뤄두고서 오직 교정실의 문제들만 처리했고, 그 대다수는 지엽적인 것이어서 내게는 중요하지 않았으므로 교정실에 두고 퇴근할 수 있었다.

나, 어머니, 가족의 내부 역학을 공개하는 것, 즉 이 글을 쓰는 것은 내게 낯설고, 매우 불편하고, 심지어 혼란스럽기까지 하다. 내게 일어난 일을 소설의 재료로 삼을 때는 그 경험이 소설에 들어가지, 그 경험에 대한 내 감정이 들어가지는 않는다. 나는 나 자신에 대해서는 쓰지 않는다. 허구의 이야기를 쓰지 않는 사람이라면 이해하기 힘들 수도 있겠지만 그게 일반적이다. 경험은 작가의 재료, 나의 재료이지만, 나는 자전적 이야기나 내가 직접적으로 아는 사람들에 대한 이야기는 좀처럼 쓰지 않는다. 그런 걸 쓰는 것에 대해 강한 거부감을 느끼는데, 지금 내가 그런 걸 쓰고 있다.

이것은 슬픈 이야기다.

프랜시스와 내가 아직 안부를 주고받을 때, 자주는 아니어도 연락은 하고 지낼 때 나는 한 디너파티에 참석했다. 모르는 사람과 대화를 나누기 시작했고 프랜시스의 이름이 언급되었다. 그 여자는 어머니가 돌아가신 직후 프랜시스를 고용한 화가 얘기를 꺼냈다. 나는 내가 프랜시스를 안다고 말했다. 그러자 그녀는 매우 곤란한 표정을 지었다. 다소 주저하면서, 프랜시스가 자신이 아는 사람, 유명한 브로드웨이 및 영화 음악 작곡가의 간병인으로 일했었다고 말했다. 영상 증거가 존재했다. 프랜시스가 훔치는 모습이 담긴 영상이.

"프랜시스는 도둑이에요." 그 여자가 말했다.

'도둑'이라는 단어는 단 한 번도 내 머릿속에 등장하지 않았다. '물건을 가져가기'는 했어도. 그런 표현은 무해하게 들린다. 프랜시스가 가져간 물건들은 중요하지 않았다. 하찮은 것들이었다. 프랜시스가 그런 것들을 가져갔다면 말이다. 어머니는 살아 있었고, 프랜시스가 물건을 훔치고 있다고 해도 프랜시스를 해고하면 어머니는 오랜 시간 함께한 간병인과 헤어지게 된다. 게다가 프랜시스는 어머니를 매우 잘 돌봤고 어머니는 프랜시스를 무척 마음에 들어했다. 어머니가 새로운 사람에게 적응할 수 있을까. 언니들과 나는 그렇지 않다고 생각했다. 가장 중요한 건 어머니가 돌봄을 잘 받고 안전하게 지내고 사랑받는 것이었다. 그리고 프랜시스는 그런 걸 제공했다. 우리에게 주어진 딜레마와 의견 차이는 우리 사이에 어느 정도 긴장을 유발했다. 윤리적인 쟁점이 제기되었지만, 옳고 그름이 서로 뒤엉켜 있었고 중요도를 따져야 했다. 나는 늘 프랜시스의 편을 들었다.

이제 상황이 달라졌다. 내 가족의 문제가 아니었다. 나는 프랜시스의 현 고용주에게 알려야 했다. 나는 프랜시스의 현 고용주와 아는 사이였다. 그게 책임 있는 행동이었다. 프랜시스는 뭐라고 말하고 어떻게 행동할까? 프랜시스의 고용주들은 개탄했다. 그들은 프랜시스를 신뢰하고 그녀에게 의지하고 있었다. 마침내 그들은 프랜시스를 해고했다.

한 달 뒤, 프랜시스는 내게 편지를 보내 우리 가족이 불법 이민자를 고용한 사실을 정부에 고발하겠다고 협박했다. 프랜시스는 사과하거나 해명하려는 시도는 하지 않았다. 훔치는 행위가 신경증에 의한 것이든, 병적 도벽 같은 강박증(프랜시스는 자신의 친구이기도 한 우리 가족의 친구로부터도 물건을 가져갔다)에 의한 것이든, 고용주에 대한 무기력감이 야기한 분노의 표출이든,

그런 행위가 프랜시스에게 어떤 의미였든 간에 나는 프랜시스에게 답장을 쓰지 않았다. 그런다고 달라질 건 없었다. 나는 무슨 말을 해야 할지 알 수 없었다. 나는 뉴욕 언니에게 미안하다고 말했다. 어떤 날에는 모든 것이 미안했다.

처음에는 프랜시스에 대해, 프랜시스의 삶에 대해 글을 쓸 때면, 프랜시스가 어머니와 함께했던 긴 시간들을 떠올릴 때면 나는 다시금 분노를, 다시금 고통을 느꼈다. 이제, 프랜시스의 이야기를 쓰고 난 지금은 그 고통이 사라졌고, 그와 함께 내 분노도 사라졌다. 그리고 조금은 가슴이 아리다. 마치 내가 경험하고 글로 쓰게 된 것이 한 가정의 비극, 프랜시스와 어머니와 나에 관한 비극인 것처럼.

고대 그리스인들은 비극이 오로지 출신 배경이 훌륭한 사람들, 왕과 왕비에게만 일어나는 일이라고 말했다. 이른바 보통 사람들, 삶에서 고귀한 대접을 받지 못하는 사람들의 정신적 분노는 고귀하지 않다고 생각했다. 그들의 추락은 자만심의 결과가 아니었다. 그들을 좌절시키는 힘은 '흥미롭다'거나 '복잡하다'거나 하지 않았다. 그런 선입견은 여전히 존재한다.

그러나 그들의 결말은 자주 운명처럼 느껴진다. 주

어진 시작에 의해 정해진 운명. 오이디푸스의 비극이 그랬듯이.

내가 생략한 내용이 있다. 그에 대해 쓰고 싶지 않았다. 어머니의 삶이 끝을 향해 가고 있을 때 어머니가 매우 좋아했던 닥터 A가 전화로 내게 어머니가 폐렴에 걸렸다고, 폐렴 치료를 위해 어머니에게 항생제를 투여하고 있다고 전했다. 닥터 A가 그 소식을 전달한 게 정확하게 언제인지는 모르겠다. 어머니가 삶의 끄트머리에 매달려 있을 무렵이었으므로 매우 혼란스러운 시간이었다. 어머니가 폐렴에 걸린 사실을 내가 알고 있었다면 나는 언니들도 그 사실을 알고 있다고 생각했을 것이다. 폐렴은 노인의 친구라고들 한다. 죽음으로 가는 좋은 방법이라고. 그러나 아무도 명시적으로 말해주지는 않았다. 당신의 어머님은 곧 사망하실 겁니다, 가정 호스피스 케어를 한번 알아보세요, 피할 수 없는 그 순간에 대비하세요.

그때를 돌아보면 나는 우리에게 그런 안내가 필요했다고 생각한다. 중한 병에 걸린 환자를 치료하는 의사들은 환자나 환자의 보호자에게 호스피스 케어, 말기 절차에 대한 정보를 제공해야 한다. 닥터 A를 '비난'하려는 게 아니다. 그러나 이 문제를 다루지 않는다면 내 이야기는 정확하다고 할 수 없게 될 것이다. 어머니가 죽어가고 있다는 것을 알게 되었다면 우리는 모두 두려움에 휩싸였겠지만, 앞으로 어떻게 진행해야 할지 아는 데 도움이 됐을 것이다.

다시 앞 이야기로 돌아가서 어머니가 돌아가시기 얼마 전에 어머니는 응급환자로 근처 병원으로 이송되었다. 실은 병원으로 이송되지 말았어야 했지만, 기묘하게도 그것은 결과적으로 펠릭스 쿨파felix culpa, 즉 복된 잘못이었다. 어머니가 응급실로 이송된 덕분에 호스피스 케어를 시작할 수 있었기 때문이다. 캐롤라이나 언니가 그 병원에 대해 조사했고 그곳에 호스피스 병동이 있다는 사실을 알게 되었다. 어머니가 회복하지 못할 것이라는 점, 어머니를 치료하려고 노력하는 젊은 의사들이 어머니에게 통증을 유발하고 있다는 점을 깨달은 우리는 엘리베이터를 타고 호스피스 병동으로 올라갔고 큰 도움을 준 노인정신의학 전문의를 만났다. 그 의사가 호스피스 케어 절차를 밟아주었다.

†

어머니를 돌보는 일은 규칙성을 강제한다. 평소에 나는 대개 내가 알지 못하는 내용을 다룬 글이나 나와 다른 삶을 다룬 글을 읽으면서 변화를 꾀한다. 동일시를 하고 싶어서가 아니라 탈동일시를 할 기회를 얻기 위해 읽는 것이다. 나는 도시를 산책한다. 낯섦, 친구가 될 수도 있을 낯선 사람과의 대화를 찾아 나선다. 보통은 그 사람과 친구가 되지 않지만, 단 한 번의 치열한 대화만으로도 내 낮 또는 밤 또는 정신이 리셋될 수도 있다. 리셋 앞에 '영원히'를 붙이고 싶지만, 그건 알 수 없다.

정해진 일과의 문제점은 일단 정해진 일과와 결합하고 나면—예컨대 아침식사로 반드시 달걀요리를 먹는다거나 특정 커피 또는 차를 마시는 등— 그런 정해진 일과가 방해받으면, 그것이 아무리 일시적이라 하더라도, 정해진 일과를 실천할 수 없게 되고 그로 인해 남은 하루가 틀어지고 모든 게 잘못되었다고 느끼게 된다는 것이다.

현재, 나는 1번 애비뉴에서 2번 애비뉴로 걸을 때면, 내가 11년 동안 한결같이 어머니 아파트에 갈 때 걸었던 그 길을 걸을 때면 어머니 아파트로 가던 것이 기억나고,

가는 길에 봤던 것들이 기억난다. 애완동물이 없는 애완동물 상점. 서로 붙어 있다시피 한 베이글 가게 두 곳. 그리고 또 다른 베이글 가게. 조각 피자+콜라 가게, 태국 음식점, 슈퍼마켓, 청과상. 폐업 안내문. 내가 거의 걷지 않는 1번 애비뉴 건너편 길의 가게들, 그리고 우리 가족이 어머니를 모시고 다 함께 한두 번 갔던 스위스 음식점. 내가 자주 멈춰서 진열창에 전시된 제품들을 들여다봤던 의료 용구 상점.

나는 그 가게들이 좋았고 그 가게들의 진열창이 좋았다. 그것들은 예술가나 쇼윈도 장식가가 그 공간을 그로테스크한 것들, 이름 없는 것들로 만든 설치장식을 더하고 꾸미지 않는 한 패셔너블한 것이 될 수 없었다. 특별할 것 없는 고무관, 남성용·여성용 요로관, 가학성·피학성 성행위에 바로 활용할 수 있을 법한 단단한 플라스틱 재질의 물체들이 쌓여 있는 창들. 폭과 길이가 다른 거즈들이 들어 있는 상자, 붕대, 다양한 변기, 용도를 알 수 없는 장비, 내가 다시는 볼 일이 없기를 바라는 부속물.

일반적으로 성인용 기저귀는 약국과 슈퍼마켓의 진열창이 아닌 통로 선반에 적재되어 있다. 한때는 CVS 약국에서 어머니가 쓸 성인용 기저귀를 사는 게 부끄럽기도 했다. 사람들은 내가 오줌을 지린다고 생각했을 것이

한때는 CVS 약국에서 어머니가 쓸 성인용 기저귀를 사는 게 부끄럽기도 했다.
© Robby Virus

다. 나는 콘돔을 사는 십대 청소년과도 같았다. 어느 시점이 지나자 나는 사람들이 뭐라고 생각하는지 신경 쓰지 않게 되었다.

가게 진열창의 휠체어가 내 시선을 사로잡았다. 어떤 것은 하도 부실해 보여서 정말 정말 쇠약한 환자에게 적합한 제품이라고 애써 짐작할 수밖에 없었다. 반면에 밀어주기가 힘들 정도로 비만인 사람들을 위한 휠체어도 있었다. 어머니의 휠체어는 충분히 견고했고, 그 휠체어에 어머니를 태우고 공원을 산책하는 일은 비교적 수월했다. 나는 스스로 대단한 일을 하는 선한 사람처럼 느껴졌으므로 부끄럽지 않았다. 그런 차이는 남에게 어떻게 보이는가에서 비롯된다고 나는 생각했다. 영화에서 휠체어나 유모차를 미는 사람들은 좋은 사람, 존중받아 마땅한 사람으로 묘사된다. 그런 선한 이미지가 지배한다. 그 이미지가 아무리 부실하거나 중요하지 않다 하더라도.

공원에서는 안 좋은 경험을 한 적이 없었다. 어머니는 꽃, 새—어머니는 카나리아를 한두 마리 키운 적이 있다—를 좋아했고, 아이들이 노는 모습을 지켜보기를 좋아했다. 어머니 주위에 생명들이 살고 있었다. 우리 모두의 주위에, 어머니와 프랜시스와 내 주위에. 여기를 파리에 있는 뤽상부르 정원이라고 생각하자. 나는 스스로에게 이르고는 책을 가져갔지만 대개는 책을 읽지 않았다. 어머니와 함께 있을 때는 평온한 장소에서조차 마음이 요동쳤다.

어머니가 거동이 어려워지면서 장애인의 세계가 단순히 존재하는 것을 넘어 선명하게 모습을 드러냈다. 그

세계는 생동감 넘치고 확연히 구별되고 늘 존재한다. 낙인찍힌 그 세계는 어디에나 있고, 나는 '그들'을 다른 눈으로 보게 되었다. 거리에서 휠체어를 타고 다니는 사람들, 저상버스로 자신을 욱여넣는 사람들, 전동휠체어를 타고 빠르게 지나가는 사람들, 다리를 저는 사람들. 나는 그들의 문제, 난처함, 일상의 어려움을 알아봤다. 어머니의 병은 체험 장치 같은 기능을 했다. 너무나 많은 결과가 예측 불가능하고 우연적이다.

누군가 미는 휠체어가 지나가면 휠체어를 탄 사람을 흘깃 보기도 한다. 그 사람은 거의 대부분 여자다. 그리고 그 휠체어를 미는 사람도 대체로 여자다. 나는 휠체어를 탄 여자를 지나치면서 미소를 짓는다. 아마도 불필요한 제스처였겠지만, 노인은 대개 내 미소를 미소로 받아준다. 그리고 그들의 간병인도. 가끔은. 이것은 의식적으로 수행하는 식별 행위다. 알아차리기. 못 본 척하지 않기. 내가 어머니의 휠체어를 밀고 갈 때면 많은 사람이 시선을 돌렸다.

이제 나는, 이를테면 누군가 힘겹게 걸음을 옮기는 모습을 보면 더 너그럽게 또는 더 상냥하게 행동한다. 그렇게 행동하고 있기를 바란다. 표정이 굳거나 일그러지는 얼굴이 있는지 살피고 읽는다. 그리고 숨을 쉬기 위해 멈추고는, 입을 크게 벌려서 숨을 크게 들이마시고 내쉬는, 그래서 숨소리가 또렷하게 들리는 사람이 혹시 있는지 주의를 기울인다. 나는 그런 사람들이 통증을 느끼고 있다는 것을 안다.

뉴욕에서는 그런 사람들이 시야에서 감춰져 있지 않고, 눈에 잘 띄는 곳에 있다. 당신이 알아차리기만 한다면 말이다. 건강하고 기능이 정상인 노인들이 버스를 타고 장을 보고 영화를 보고 산책을 하고 느릿느릿 혼자 또는 친구와 식당에 간다. 그들은 우리 가운데, 우리와 함께 산다. 그들은 살아간다. 그것이 핵심이다.

시선을 돌리는 행위, 못 본 척하기가 내 관심을 끈다. 그런 행동은 필연적인 것을 무시하는 방법이다. 이제 내 의지와는 달리 필연적인 것을 보게 된 나는, 내가 보고 싶지도, 알고 싶지도 않았던 것을 보게 된 나는 그런 일이 내게는 일어나지 않을 거라고 연기하기가 매우 어려워졌고, 그래서 더 주목한다. 다시 말해, 나는 지각하게 되었다.

여자들이 여자들을 돌본다. 그 일을 하는 건 거의 대부분 유색인종의 여성이고, 그들은 백인 환자들의 휠체어를 밀고 그들을 돌본다. 그들은 대개 여자를 돌보는 일에 고용된다. 가끔 남자도 있지만 남자들은 보통 남자 간병인을 고용한다. 게다가 휠체어를 탄 남자를 만나는 일은 훨씬 드물다. 나는 항상 그런 관계의 차이를 찾아내려고 노력한다. 또한 유색인종의 여자들이 다른 여자들의, 백인 여자들의 아이들을 돌보는 것을 본다. 유모나 가정부다. 이제 그들은 핸드폰으로 자신의 친구와 가족과 연결될 수 있다. 유모차에 탄 아이가 그 유모차를 미는 여자의 아이인 것처럼 보이면 나는 안도한다.

나는 꽤 오랫동안 죽음에 매료되었다. 다섯 살 나는 자기 전에 아버지에게 나를 관에 넣고 묻을 때는 반드시 내 베개와 담요를 넣어달라고 애원했다. 그리고 내 손을 담요 밑에 꼭 넣어달라고 부탁했다. 죽어서 깨어났을 때 춥지 않도록 말이다. 죽어서 깨어났을 때. 아버지는 그렇게 하겠다고 했다. 아버지는 불안증을 이해했고, 당신도 불안증에 시달리고 있었다.

어머니가 돌아가신 뒤 죽음에 대한 내 집착은, 이런 표현이 어울리는지는 모르겠지만, 강화되고 활성화되었다. 죽음을 지켜보는 경험에 의해, "적극적으로 죽어가고 있다" 같은 표현을 들으면서, 죽어가는 사람 주위에 있거나 서로 돌보는 사람들을 접하면서 증폭되었다.

나는 셔윈 눌런드Sherwin Nuland의 『우리는 어떻게 죽는가』How We Die를 읽었다. 죽음에 이르는 여정의 모든 면을 세세하게 묘사하는 책이다. 장기가 어떻게 기능을 멈추는지. 어떻게 여러 원인이 죽음을 야기하는지. 비록 그중 한 가지가 주된 사망 원인으로 보이겠지만. 나는 '사실 정보'가 일종의 위로를 제공해주기를 바랐다. 아는 것이 항상 힘인 것은 아니지만. 그리고 아는 것이 항상 강해졌다는 느낌을 주지도 않지만.

나는 호스피스 케어에 대해 조사하기로 했다. 죽음을 주제로 한 여러 작가의 에세이를 엮은 에세이집에 실릴 원고를 청탁받았다는 것이 공식적인 이유였다. 그러나 나는 결국 그 에세이를 쓸 때 그 자료를 참고하지 않았다. 현대적 어휘 용법의 맥락에서 호스피스는 영국 의사 시슬리 손더스Dame Cicely Saunders가 1948년에 주창한 개념이다. 당시 손더스는 런던에서 죽어가는 환자들을 돌봤다. 이후 1963년에 손더스는 예일대학교에서 강연을 하면서 미국의 의료 종사자들에게 호스피스와 완화의료에 대해 설명했다. 그로부터 여러 해가 지났음에도 불구하고 미국의 많은 환자는 여전히 그런 서비스를 제공받지 못하고 있다. 미국인들은 여전히 호스피스란 즉각적인 죽음을 의미한다고 생각한다. 현실은 호스피스 환자가 더 오래 살고, 죽을 때까지 비교적 통증 없이 지낸다.

나는 호스피스 서비스를 제공하는 다양한 단체에 연락해서 내가 에세이 또는 책에 실을, 호스피스에 관한 글을 쓰고 있다고 설명했다. 세 명의 전문가가 인터뷰에 응했다. 한 명은 여러 명의 간호사를 감독하는 수간호사, 한 명은 일반 간호사, 한 명은 죽음 상담사였다. 나는 마치 죽음 자체를 만나기로 한 것처럼 그 사람들을 만나는 게 두려웠다. 안다, 바보 같다. 그러나 그들에게 가까이 다가가는 것은 죽음에 매우 가까이 다가가는 것과도 같았다. 나는 그들을 한 명씩 따로따로 만났다.

나는 미신이 진짜인 것처럼 느껴졌고, 운명을 도발하는 사람이 된 듯했다. 사람들이 종교를 믿는 것은 당연하다. 사람들이 미신을 믿는 것도 당연하다. 그 후에 무슨 일이 벌어지는지 알 수 없다면(그리고 실제로도 알 길이 없다) 믿음은 답이 없는 미스터리에 대한 불안증을 덜어준다. 유일한, 맞을 확률이 굉장히 낮은 답의 이름이 곧 신앙이다. 내가 뭘 기대했는지 모르겠다. 무시무시한 두려움에서 벗어나 무해한 두려움으로 옮겨갈 수 있기를 바랐던 것 같다. 죽음이 나를 아프게 하지 않을 거라는 확실성. 하마터면 "나를 죽이지 않을 거라는"이라고 쓸 뻔했다. 죽여주는 아이러니다. 나는 통증에 시달리면서 죽고 싶지 않았다. 자는 중에 죽는 것을 선호했지만, 그러면 계획을 세울 시간이 주어지지 않는다. 하지만 내가 죽어가고 있다는 것을 안다고 해도 계획 같은 걸 세울 수 있을지 모르겠다. 적어도 내 장례식 계획을 세우고 있지는 않을 것 같다. 너무나 우울한 나머지 죽고 싶다는 생각이 들면, 그리고 그런 생각이 들지 않더라도 내 장례식에 대해 상상해볼 때가 있기는 하다. 내가 죽으면 누군가 나서서 장례식을 치러주리라는 것을 안다. 그러나 그 사람이 내 삶에 머물렀던 모든 사람에 대해 알 리가 없다. 그런 생각을 하다 보면 장례식을 준비하는 몽상이 악몽이 되고, 나는 지치고 만다. 그러느니 그냥 자는 중에 죽고 말겠다.

나는 호스피스 일을 하는 사람들에게 가까이 다가가고 싶었다. 그들의 일에 대해 알고 싶었다. 그들이 무슨 일을 왜 하는지 이해하고 싶었다. 그리고 그 일이 어떤 것인지를 밝혀내고 싶었다. 죽어간다는 것이 무엇인지를 밝혀내고 싶었다. 죽음과 죽어가는 과정의 생물학적 원리를 알 때조차도 그것을 완벽하게 밝혀내기가 불가능한데도 말이다. 그 후에 무슨 일이 벌어지는지 알지 못하는 것, 다시 한 번 말하지만, 그 점이 바로 미스터리다. 죽은 어머니를 보면서 나는 어머니가 어디론가 간다고 생각하지 않았다.

상담사와 이야기할 때 특히 짜증이 났다. 그 이유를 설명하기는 힘들다. 아마도 상담사를 마법의 탄환으로 여겼던 것 같다. 죽어가는 사람에게, 그들이 두려움 없이 그 캄캄한 밤 속으로 들어갈 수 있도록 필수적으로 해줘야 하는 말, 안심시켜주는 말을 할 법한 사람이라고 생각했던 것 같다. 그 말은 나도 안심시켜줄 터였다. 그러나 그가 하는 얘기에서 마법의 말은 전혀 찾아낼 수 없었다. 나는 위로받지 못했다. 죽음은 여전히 죽음이었다.

그의 말에 따르면 그는 한때 목사로 일했지만, 자신의 환자들에게는 그 사실을 알리지 않는다고 했다. 이 일을 할 때 그는 소속 종교가 없는 사람이어야 하기 때문이다.

내 소원은, 대체로 무의식적인 것으로, 절대 알 수 없는 사실을 밝혀내는 것이었다. 내 죽음이 어떨지를 알아내는 것이었다. 그러나 내가 듣고 싶어 하는 얘기를 해주는 사람은 아무도 없었다. 수간호사는 친절하고 사무적이었다. 그는 다른 간호사들을 감독했다. 간호사들을 필요로 하는 곳에 파견했고, 환자를 직접 만나는 일은 드물었다. 일반 간호사, 호스피스 훈련을 받고 있는 공인

간호사는 완화 의료가 무엇인지, 자신이 환자 가족들과 어떻게 일하는지 설명했다. 많은 사람이 죽어가는 환자가 모르핀에 중독될까 봐 걱정하는데, 환자의 상태를 고려할 때 그건 누가 봐도 매우 이상하다. 그러나 통증을 완화한다는 목적은 환자 가족의 중독에 대한 우려와 '윤리관'에 의해 우선순위에서 밀린다.

죽어가는 사람이 가족의 반대로 인해 엄청난 고통에 시달리게 된다. 당신의 의료 대리인의 이름과 당신이 어떤 의료 처치에 동의하고 어떤 의료 처치를 거부하는지 그 내용을 반드시 문서화해 두도록 하자. 이 문서를 생전 유언장living will이라고 부른다(우리나라에서는 이런 역할을 하는 문서를 '사전연명의료의향서'라고 부른다). 이것 또한 "적극적으로 죽어가고 있다"만큼이나 모순어법이지만, 아마도 죽음과 관련된 모든 것은 기이하게 연결되어 있는지도 모르겠다.

죽음 상담사와 마찬가지로 그녀는 환자 가족들에게 '사랑하는 사람'을 솔직하게 대하고, 무슨 일이 일어나고 있는지에 대해 환자와 대화를 나누고, 환자가 무엇을 원하고 바라는지, 어떤 유언을 남기고 싶은지 묻도록 권했다. 그녀는 내게, 죽어가는 사람은 종종 사람들이 방을 비웠을 때 죽는다고 말했다. 설득력 있는 이야기였다. 죽는다는 것은 사람들을 떠난다는 것, 사람들을 버린다는 것을 의미한다. 그런데 그들이 당신을 떠나지 않으면 어떻게 당신이 떠날 수 있겠는가.

나는 내가 죽기 전까지는 죽음에 대해 알 수 없을 것이다. 그리고 그때는 스스로를 위로하기에는 너무 늦을 것이다. 이 또한 삶의 역설 중 하나다. 예술가 레이 존슨Ray Johnson이 한 것처럼 내가 자살하면서 내 마지막을 연출한다면 모를까. 레이 존슨은 통신예술가로 알려져 있다. 그의 재료는 편지와 엽서였고, 그는 그것들을 우편으로 전달했다. 그는 적어도 1년 전부터 자살을 계획했고 그 계획에 따라 사람들에게 엽서를 보냈다. 사람들이 알아차릴 수 없는, 이해할 수 없는 뭔가를 넌지시 알리는 엽서를. 내 친구 캘리 엔젤도 그에게서 엽서를 서너 장 받았는데, 그의 기이한 자살—그가 마지막으로 목격된 것은 대서양으로 흘러가는 하천 또는 강에 그가 떠다니고 있는 모습이었다—이 실제로 일어난 후에야 그가 자신의 의도, 죽겠다는 결심을 은밀하게 알리는 메시지가 그 엽서에 담겨 있었다는 사실을 깨달았다. 뒤늦게 그 사실을 알아챘다는 것에 캘리는 당혹스러워했다. 그리고 나중에 캘리가 자살했을 때 캘리의 친구였던 우리는 모두 충격을 받았고, 나는 캘리가 다른 많은 것과 함께 레이 존슨을 떠올렸는지 궁금했다.

자살은 마지막을 알고 싶어 안달 난 사람들, 죽음을 통제해야만 하는 사람들이 하는 것이라는 얘기를 들은 적이 있다. 그들의 운명을. 모든 자살에 해당하는 얘기는 아니겠지만, 나는 그런 관념을 이해한다. 비록 자기패배적 관념이기는 하지만.

부모가 다 돌아가시고 나면 사람들은 고아가 된 기분이라고들 말한다. 이제 나는 고아야, 그들이 말한다. 또한 낯선 충격과 함께 그들은 다음은 자기 세대 차례라는 것을 깨닫는다. 나는 고아가 된 기분이 들지 않았다. 비록 그런 비유가 마음에 들기는 하지만. 어머니가 돌아가신 현재 나는 객관적으로 엄마 없는 아이다. 나는 언니들과 내 이름이 필멸 명단에서 상단으로 올라갔다는 사실을 깨닫고는 낙담했다.

내가 일고여덟 살 때의 일이다. 유대교에서는 대속죄일에 하느님이 커다란 책에 살 사람과 죽을 사람의 이름을 적는다고 믿는다는 것을 알게 되었다. 그날 신실한 유대인은 자신이 저지른 잘못을 떠올리고 회개하거나 자신을 데려가지 말아달라고 하느님께 기도해야 한다. 이 특별한 날에, 흔히 명절이라고도 부르지만, 명절의 의미를 거스르는 날에, 유대교를 믿는 사람은 하느님의 분노를 달래기 위해 단식을 해야 한다. 일종의 희생으로써 바치는 제물인 셈이다. 지극히 원시적인 관념이며, 또한 마지막의 마지막 순간에서야 바치는 제물이다.

그 이야기를 들은 후 내 안에는 한 가지 관념이 싹을 틔우고 자랐다. 고난은 신성한 목적을 섬긴다. 고난은 작가로 존재하기 위해 감당해야 하는 고역의 일부였으며, 하느님은 자신의 사람들이 고난받기를 원하는, 자신의 사람들을 시험하고 싶어 하는 작가였다. 고난으로 인해 작가의 일은 절대권력의 부으심을 받았다. 나는 예나 지금이나 신을 믿지 않는다. 그러나 나는 여전히 그 관념을 채택하고 있다. 신은 작가다. 특히 누가 살고 누가 죽을지를 정하는 작가. 자신의 일이 그렇게까지 중대하다고 믿는 작가들도 있다.

어느 일요일, 아주 이른 아침에 우드미어에 있는 집에서 전화벨이 울렸고 그 소리가 나를 깨웠다. 나는 전화기로 달려갔다. 전화기는 내 침실과 언니 침실 사이를 지나가는 복도 작은 탁자에 놓여 있었다. 나는 열여섯 살, 고등학교 3학년이었다.

앉아, 친구가 말했다. 나는 앉았다. 이유는 묻지 않았다. 친구가 말했다. 로이스가 죽었어. 뭐. 로이스가 죽었다고. 교통사고.

로이스는 내 평생에 처음으로 죽은 친구다. 나는 거의 1년 동안 그 친구의 죽음을 애도했다. 애도가 뭔지도 모른 채. 그리고 친구의 죽음은 내 삶을 바꿔놓았다. 나는 스스로에게 일렀다. 로이스가 죽었어. 그러니 나는 내 삶을 보람되게 살아야 해. 그게 로이스에게 경의를 표하는 길이야. 어떤 의미에서는 나는 십대처럼 행동하는 걸 멈췄다. 나는 파티에 가지 않았고, 신경 쓰지 않았고, 집에 틀어박혔고, 숙제를 했고, 숙제를 해서 우등생이 되었다.

내가 가장 좋아하는 삼촌은 내가 열여덟 살일 때 돌아가셨다. 내 친구 빌리는 살해당했다. 범인이 누구인지는 끝내 밝혀지지 않았다. 내가 내 주인공들 중에서 두 번째로 좋아하는, 내 장편소설 『의심 속으로』의 주인공 호러스는 내가 스치듯 아는 한 남자를 모델로 삼았다. 그 남자는 굉장히 끔찍한 방식으로 살해당했다. 나는 소설에서 그 살인사건을 언급하지 않았고 결말도 그 살인사건과는 달랐다. 그것은 내가 들려주고 싶은 이야기가 아니었기 때문이다. 그 소설은 어느 정도는 생존에 관한 것이었다. 나는 그 소설을 1980~90년대, 에이즈가 유행하던 시기에 썼다. 그 당시 친구와 많은 지인이 죽었고, 모든 것이 치료 가능하다는 확실성을 삶에서 벗겨내 버렸다.

현재 내가 아는 많은 사람이 죽었다. 그중에는 내가 소중히 여긴 사람도 있었고, 그 빈도에 나는 등골이 오싹해지고 마비된다. 나는 내가 잘 우는 사람이라고 생각했지만 지금은 아니다.

부모의 죽음은 일반적으로 다른 죽음과는 다르다. 그 인물들이 세상을 떠나면 터무니없게도, 어리석게도 그 자녀들은 상징적인 보호막이 사라졌다고 느낀다. 그리고 어떤 의미에서는 발가벗겨진 느낌, 더 취약한 존재가 되었다고 느낀다. 최악의 죽음은 자식을 땅에 묻는 부모가 겪는 죽음이라고들 한다. 그런 죽음은 자연의 질서를 거스른다. 자연의 질서 자체가 부자연스러울 정도로 고통스럽다는 것이 드러난다.

내가 가장 좋아하는 삼촌이 관 속에 안치되었을 때 그 삼촌의 한참 늙은 삼촌, 구약성서 속 예언자 같은 흰 수염을 기른 그 삼촌이 삼촌을 굽어봤다. 알 삼촌, 부동不動. 알 삼촌의 한참 늙은 삼촌은 자신이 아끼는 조카를 가만히 내려다봤고 나는 내가 한 번도 접한 적이 없는 표정을 봤다. 생명이 한 방울도 남김없이 빠져나간 얼굴. 아버지 또한 자신보다 15개월 어린 동생, 동업자, 맹

목적으로 사랑하는 이를 바라봤다. 아버지 역시 정지한 채로 붕 떠 있었고 활기가 없었고 생명이 죽어 있었다.

어머니는 누워서 죽어가고 있을 때 침묵했다. 어머니의 마지막 말, 돌아가시기 나흘 전에 자신의 장난꾸러기 고양이에게 한 말은 "가만히 있어"였다. 이후에 다른 말은 없었다. 어머니의 침대 옆에서 어머니의 마지막 호흡을 기다리면서 나는 그 충격적인, 경이로운 죽음의 순간이 찾아오는 것을 지켜봤다. 그 순간은 지워지지 않는 이미지다. 그보다 더 극적인 드라마는 없다. 나는 지금도 그 장면을 본다.

어느 순간 나는 좋은 딸 노릇을 한 것을 후회했고 그 11년을 어머니를 위해 보내지 않았더라면 하는 마음이 들었다. 친구에게 그런 얘기를 하자 친구는 놀라며 말했다. "하지만 그랬기 때문에 스스로가 대견하고 좋은 사람이라는 생각이 들지 않니?" 그렇지 않았다. 나는 내 희생이, 그걸 희생이라고 부를 수 있다면, 어머니를 위해 한 희생이 헛일이었다는 생각이 들었다. 이제는 그런 생각도 내려놓아야 한다.

"주목은 영혼의 자연스러운 기도다."

— 니콜라 말브랑슈, 17세기 철학자

2007년 4월 23일, 『뉴요커』에 인체, 의학, 노화, 의사들에 관한 가장 유용하고 중요한 에세이가 실렸다. 아툴 가완디Atul Gawande의 「현재 우리가 나이 들어가는 방식」The Way We Age Now은 계몽적이었다.

그 에세이는 이렇게 시작한다. "인체에서 가장 단단한 물질은 치아의 하얀 법랑질이다."

미리 말해두는데 이 문장은 이 에세이에서 누설한 수많은 새로운 지식 중 첫 번째 지식에 불과하다. 내 치주전문의는 이렇게 설명한 적이 있다. 나는 입을 활짝 벌리고 있었다. 우리 몸에서 살이 가장 먼저 빠지는 곳은 잇몸이라고. 나는 살이 가장 먼저 빠지는 곳이 얼굴이라고 알고 있었다. 얼굴살이 빠진 다음에 나머지 부위의 살이 빠진다고 생각했다. 그러나 이제 나는 왜 잇몸이 휑해 보이는지 이해했다. 잇몸이 야위면서 오므라들기 때문이었다.

그런데 하얀 법랑질은 인체에서 가장 단단한 물질이다. 인간은 모든 걸 생으로 먹어야 했다. 불을 이용한 것은 나중 일이다.

"나이가 들면서 (법랑질은) 닳는다. (…) 그동안 치근과 치수로의 혈액 공급이 위축된다. 그리고 침의 분비량이 줄어든다. 잇몸에 염증이 생기기 쉬워지고 잇몸이

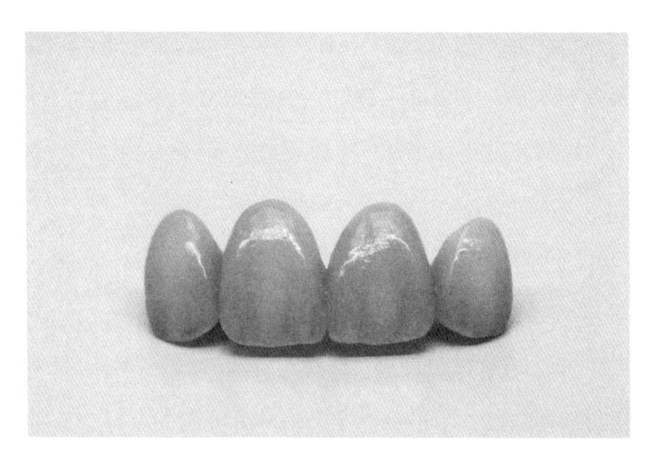

나이가 들면 치아와 잇몸도 노화로 인한 변화를 피할 수 없다.

치아로부터 떨어져 나온다." 그리고 심지어 "꼼꼼한 치아 관리"조차도 노화로 인한 변화를 멈출 수 없다.

마모와 유전, 가완디는 노화의 두 가지 이론을 모두 다룬다. 그리고 인체가 노화하는 이유와 과정에 대해서도. 이를테면 심장이 두꺼워진다. 노화와 함께 피부가 건조해진다. 혈액의 흐름이 핵심이다.

노인학자들과 노인의학 전문의들은, 가완디의 말에 따르면, 노화하는 인체를 다른 관점에서 바라보고, 그래서 노인 환자를 다르게 치료한다. (나는 우리 가족이 노인정신의학 전문의 닥터 M과 단 한 번 만난 그날 그런 차이를 잠깐이나마 목격했다. 닥터 M은 우리가 어머니를 퇴원시켜 집으로 모시고, 어머니가 호스피스 케어를 받으면서 돌아가실 수 있도록 도왔다.)

내게 이 에세이에서 가장 중요한 문장은 이것이다.

"그러나 의학계에 종사하는 우리 대부분은 몸의 쇠약에 대해 어떻게 접근해야 하는지 모른다."

의사들은 노인 환자에 대해서는 완전한 성공을 거둘 수 없을 것이다. 무엇을 하건 노인 환자는 쇠약해진다. 노인학자들은 쇠약한 사람들을 치료하는 최선의 방법을 연구한다. 자신의 환자를 더 편안하게 해주는 방법, 낙상의 위험을 낮추는 방법, 그 환자들이 혼자 식사하는 일이 너무 잦지 않도록 돕는 방법.

나는 다른 사람이 어머니의 발톱을 깎는 모습을 지켜봤다. 어머니의 발톱은 상당히 단단해져 있었다. 전문가 — 실제로 그 사람이 발 전문의였는지, 간호사였는지, 간호조무사였는지는 모른다 — 가 집으로 왔다. 그 남자가 어머니의 발을 잡고 어머니의 발톱을 깎는 것을 처음 봤을 때 그 모습이 낯설게 느껴졌다. 당신은, 젊은 사람은 자신의 발톱을 깎을 수 있다. 그러다 나는 그런 서비스가 왜 필요한지 이해했다. 어머니의 발톱이 잘못 깎인다고 가정해보자. 거스러미가, 또 감염증이 생긴다. 어머니는 노쇠했다. 가완디는 노쇠에 대해서도 이야기한다.

나이가 들면 노쇠해진다. 노인이 움직이는 모습에서 노쇠를 관찰할 수 있다. 걸음걸이가 뻣뻣해진다. 바싹 마르고 쉽게 부서질 것처럼 보일 수 있다. 체중이 적게 나가는 노인인 경우에 특히 더 그렇다. 노인의학 전문의는 자신의 환자가 체중을 늘리기를 바랄 것이다.

대개 의학계가 노인을 취급하는 방식은 사회 전반이 노인을 취급하는 방식과 동일하다. 마치 노인이 더 이상 환영받지 않는 존재가 된 것처럼. 유효기간이 찍혀 있고 유효기간을 넘긴 존재, 판매대에서 치워야 하는 존재. 자신이 쇠약해지는 모습을 상상하고 싶어 하는 사람은 거의 없다. 젊은 사람은 상상하지 않는다. 상상해야 할 이유도 없다. 노인의 모습은 우리를 미래의 현실 속으로 날려 보내는 불손한 탄환이다.

내가 한 현실적인 행동 하나. 어머니가 돌아가시고 나서 나는 장기 돌봄 서비스 제공업체에 연락해 데이비드와 나를 등록했다. 어머니와 어머니의 수많은 필요를 지켜보고, 얼마나 돈이 많이 드는지 알게 된 나는 더는 돌봄에 시간을 낭비하고 싶지 않았다. 자녀가 있고, 그 자녀가 당신을 도와줄 것이라고 기대한다고 해도 그 자녀는 짐을, 과도한 짐을 지게 될 것이다. 자녀가 당신을 돕지 않을 가능성도 있다. 자녀는 그것이 당신 탓이라고, 당신이 준비하지 않은 게 문제라고 생각할 수도 있다. 자녀들이 서로 다투게 될 수도 있다. 아니면 아이가 한 명뿐이라고 가정해보자. 돈이 발에 치일 정도로 많다 할지라도 당신은 자신이 얼마나 오래 돌봄이 필요할지, 어떤 특수 치료를 받아야 할지, 얼마나 오래 살게 될지 알 수 없다. 유명한 상속녀 서니 폰 뷜로Sunny von Bülow(1932~2008)를 떠올려보라. 20년 이상을 식물인간 상태로 병원 침상에 누워 있었다. 서니는 생전 유언장을 작성하지 않았던 것으로 짐작한다.

조각가 키키 스미스는 내게 말했다. "생명은 살고 싶어 한다"고. 이 문장은 우리가 고군분투하는 이유가 무엇인지를 포착하고 있다. 최악의 시대를 살아가는 사람들도 계속 살아간다. 사람들은 가장 끔찍한 조건에서도 살아간다. 그래서 살기 위한 이 투쟁, 죽기를 거부하는 이 투쟁은 어린 나에게 죽음은 끔찍한 것이 틀림없다고 말하는 듯했다. 그러나 실은 그런 결론을 내려서는 안 되었다. 죽음은 삶이 아닌 것에 불과하므로. 비록 대다수 인간처럼 나는 부존재라는 미래에 저항하지만, 이따금 스스로에게 말한다. 그냥 깊은 잠 같은 거라고. 내가

어머니는 삶은 고달프지만 살 만한 가치가 있는 것이라고 말했다. 삶에는 아름다운 것들도 있다면서.. © Laurie Simmons

태어나기 전의 것/나라고. 등등.

나는 어머니가 병을 얻기 한참 전에 물었다. 죽는 것이 두렵냐고. 어머니는 두렵지 않다고 했다. 어머니는 아무것도 믿지 않았으므로 사후세계도 믿지 않았고 천국에서 남편과 재회하게 될 거라고도 믿지 않았다.

나는 어머니가 아프긴 해도 정신이 맑았을 때 물었다. 인생은 고달프고 살다 보면 끔찍한 일도 일어나잖아요. 그런데도 살 만한 가치가 있다고 생각하세요? 그럼, 어머니는 말했다. 삶에는 아름다운 것들도 있으니까. 어머니는 그 아름다운 것들이 무엇인지 말하지 않았다. 사랑, 우정, 도시 산책, 오페라, 아이들, 책, 하늘의 아름다움, 그중 어느 것도 언급하지 않았다. 어머니의 답은 내가 이전에 들은 어머니의 말들과는 전혀 달랐다. 나 또한 어머니에게 그와 같은 질문을 한 적이 한 번도 없었다.

나는 어머니를 몰랐다. 그 모든 일을 겪었음에도, 이 글을 썼음에도 나는 여전히 짐작만 할 뿐이다. 왜 어머니가 어머니 같은 사람이 되었는지 나는 모른다. 어머니에게도 영혼이 암흑에 빠진 순간이 있었는지 나는 모른다. 어떤 연유로 그랬는지도.

어머니에게 물어봤더라면 좋았을 텐데. 스스로에 대해, 소피 메릴 틸먼이라는 사람에 대해 어떻게 생각하세요? 그런데 부모가 돌아가시고 나면 원래 후회되는 것들이 많은 법이다.

감사의 말

내 사랑하는 언니들에게, 같으면서도 다른 어머니에게서 태어나 자랐고, 힘겨운, 같은 11년을 함께 살아낸 나의 언니들. 친구들에게, 그 11년 동안 나를 위로한 친구들. 리처드 내시Richard Nash에게, 내 안내자이자 잔소리꾼. 당신이 없었다면 내 최근 작품 대부분이 출간되지 못했을 겁니다. 내 친구이자 에이전트 조이 해리스Joy Harris에게, 내가 나를 믿지 못할 때도 나를 믿어준 사람. 내 전 담당편집자 유카 이가라시Yuka Igarashi에게, 당신의 예리함과 정확함은 대체 불가능합니다. 내 새 담당편집자 멘사 드마리Mensah Demary에게, 당신이 가치를 알아봐준 덕분에 내가 이 책을 이해하고 개선할 수 있었습니다. 멘사 드마리의 비서 서실리아 플로레스Cecilia Flores에게, 『어머니를 돌보다』와 관련된 업무를 유쾌하고 유능하게 처리해준 사람. 워밍 창Wah-Ming Chang에게, 모든 것에 적용되는 뛰어난 안목과 감각을 지닌 사람. 앤디 헌터Andy Hunter에게, 내가 행복하기를 바라는 사람. 그리고 늘 그렇듯 데이비드David에게, 내 삶에 안정적인 리듬을 부여하는 사람.

린 틸먼은 우리에게 낯선 작가다. 미국에서도 대중적인 작가라고는 할 수 없지만, 적어도 문학계에서는 '작가들의 작가'로 명성이 높다. 1987년 데뷔작 『유령의 집』 Haunted Houses를 발표한 이래 거의 40년 동안 장편소설 여섯 권, 소설집 다섯 권, 에세이집 네 권을 출간했을 뿐 아니라, 잡지 『프리즈 아트』Frieze Art에 정기 칼럼 「이 무절제한 시대에」In These Intemperate Times를 연재하는 한편, 여러 매체에 인터뷰 및 비평 기사를 기고하며 활발하게 활동하고 있기도 하다. 린 틸먼은 '개념들'을 중심으로 이야기를 풀어나가는 것으로 알려져 있고, 형식적인 면에서도 상당히 실험적인 작가로 평가된다.

틸먼은 이 책 후반부에서 다음과 같이 고백한다. "나는 자전적 이야기나 내가 직접적으로 아는 사람들에 대한 이야기는 좀처럼 쓰지 않는다. 그런 걸 쓰는 것에 대해 강한 거부감을 느끼는데, 지금 내가 그런 걸 쓰고 있다."(217쪽) 그렇다면 틸먼은 어쩌다 이 책을 쓰게 되었을까?

린 틸먼의 어머니는 2006년에 돌아가셨고, 같은 해 말 틸먼의 다섯 번째 장편소설 『아메리칸 지니어스, 코미디』American Genius, A Comedy가 출간되었다. (너무나 사랑했던) 아버지가 돌아가신 뒤 치매에 걸린 어머니와 고양이 한 마리를 돌보고 있는 중년의 역사학자 '헬렌'이 주인공인 이야기다. 기시감이 느껴지지 않는가? 『타임 아웃』Time Out에 실린 인터뷰에 따르면, 틸먼은 소설이 출간된 지 1년이 지났을 때 이 책을 써야겠다고 마음먹었다. 그런데 열네 쪽가량을 쓰고는 당시의 기억이 여전히 너무나 생생하고 고통스럽게 느껴져서 작업을 중단했다. 그렇게 2019년까지 열네 쪽 분량에 불과했던 원고가 다시금 떠올랐고, 2020년 코로나 팬데믹으로 모든 것이 멈춰 있을 때 어머니와 어머니를 돌보던 기억을 반추하기에 완벽한 타이밍이라고 느꼈다.

처음에는 미국의 의료서비스 시스템, 특히 노인 환자, 말기 환자를 위한 의료서비스 시스템의 문제점들을 다루는 일종의 사회비평서를 쓸 생각이었다. 사람들에게 호스피스 케어에 대해서도 알리고 싶었다고 한다. 그러나 결국 철저히 자신이 경험한 것을 전달하는 데 방점을 둔 책을 쓰게 되었다. 틸먼은 자신이 경험한 것 중에서도 다른 사람에게 도움이 될 만한 정보(사실이건 경험이건)를 남기려고 노력하는 한편, '불법' 이민 노동자 문제나 노인 환자를 대하는 의료계의 태도 등 사회비평적 흔적을 남기고 있다.

원서 제목은 'mothercare'로 '어머니 돌봄' 정도를 의미한다. '자녀 돌봄'을 뜻하는 'childcare'를 염두에 둔 조어造語다. 한 인터뷰에서 틸먼은 책을 쓰기 시작할 때부터 이 제목을 생각했으며 다른 제목은 전혀 고려하지 않았다고 한다. 제목에서도 명시적으로 드러나듯이 이 책은 어머니를 돌본 경험을 다룬다. 한편 어머니의 딸로 살면서 그리고 어머니를 돌보며 대면해야 했던 '어머니와의 관계'라는 한 축과 어머니를 돌보면서 접한 '돌봄의 현실'이라는 또 다른 축이 책 전체를 관통한다.

『어머니를 돌보다』는 형식적으로 어머니가 병을 얻고 난 뒤 돌아가실 때까지를 다룬 부분과 어머니가 돌아가신 후의 이야기를 담은 일종의 에필로그인 '사후'死後로 나뉜다. 시간순으로 ①어머니의 삶과 가족 이야기, ②어머니가 병을 진단받고 자립적으로 살아갈 수 없어 돌봄의 대상이 된 이야기, ③어머니의 임종과 죽음, 그 이후의 이야기로 구분할 수 있다.

부모를 장기간 돌본 경험이 있는 사람이라면 부모 돌봄과 자녀 돌봄의 공통점보다는 차이점이 더 크게 다가올 것이다. 둘 사이에도 공통점은 있겠지만 말이다. 돌봄 제공자는 불가피하게 "다른 인간의 대기조"(57쪽) 역할을 맡는다. 일반적으로 아이는 자라서 어른이 되고 자립하지만, 늙고 병든 부모는 그럴 가능성이 거의 없다. 아이를 키울 때는 대략적인 타임라인이란 게 있다. 자녀 돌봄에는 발달 단계 및 정규 교육과정이라는 참고 틀이 있다.

하지만 부모 돌봄에는 그런 것이 없다. 투병에 대한 가이드라인이 주어질 때조차도 부모를 돌보는 일이 내일 끝날지, 아니면 10년, 20년 이어질지, 또 그 시간 동안 부모가 어떤 상태일지 전혀 가늠할 수 없다. 게다가 그 끝이 대개 부모의 죽음이기 때문에 돌봄이 끝나기를 함부로 바랄 수도 없다.

아이를 키울 때는 시선을 삶에 두지만, 부모를 돌볼 때는 시선이 죽음을 향할 수밖에 없다. 부모를 돌보면서 알게 되는 "결코 알고 싶지 않았던 것들"(10쪽) 중에서 가장 적응하기 힘든 것이 바로 죽음일 것이다. 누구나 죽지만 미래여야 할 그 죽음을 현재로 살아야 하는 일은 결코 녹록지 않다. 그러한 돌봄은 미지의 영역이다. 임종은 직접 그 자리에 있지 않으면 누군가에게서 전해 들을 수도 없는 불가사의한 사건이다. 그래서인지 몰라도, 틸먼은 어머니의 임종 과정을 그토록 세세하게 기술한다.

『어머니를 돌보다』에는 어머니를 돌보는 데 큰 도움을 준 사람들이 여럿 등장한다. 특히 어머니를 가장 오래 돌본 간병인 프랜시스와의 관계에 많은 지면을 할애한다. 작가는 자신처럼 부모를 위해 간병인을 고용하는 사람이 많은 시대임에도, '돌봄 제공자'에 관한 이야기(불편한 진실을 포함하여)를 좀처럼 볼 수 없다고 생각한 것 같다.

작가는 "나는 여섯 살 때부터 어머니가 싫었다"(69쪽)라고 말한다. 그래서일까 어머니 돌봄을 "초활성화된 초자아"로 인해 "좋은 딸이 되어야 한다는, 좋은 동생이 되어야 한다는"(108쪽) 압박감에 어쩔 수 없이 수행하는 "가혹한 의무"(10쪽)였다고도 한다. '돌본다는 것'to care은 행위이자 정서를 나타낸다. 동사 'care'는 '마음을 쏟는다'는 의미도 담고 있다. 그런데 작가는 어머니 돌봄이라는 현실을 경험하면서 돌봄 행위를 하면서도 마음 쏟기를 거부할 수도 있다(혹은 어쩌면 온전한 마음 쏟기가 불가능할 수도 있다)는 점을 보여준다.

타인을 돌보는 일은 필수적인 노동임에도 그동안 그에 걸맞은 인정(과 보상)을 받지 못했다. 그래서인지 최근 '돌봄'을 조명하고 평가하는 작업들을 자주 접하게 된다. 작가 린 틸먼은 우리 사회가 이 노동의 가치를 인정하는가 하는 문제와는 별개로 어떤 사람들에게는, 어떤 관계에서는 돌봄이 어쩔 수 없이 해야 하는 일이지만 좀처럼 적응하기 어려운 '의무'일 수밖에 없다는 점을 강조한다.

여전히 부모 부양 문제를 '효'와 '자식된 도리'로 여기고 강조하는 우리 사회에서 부모를 돌보는 일에 대한 작가의 관점은 상당히 비정하게 보일 수 있다. 그럼에도 틸먼은 자신이 몸소 경험하고 깨달은 진실을 한 치의 타협 없이 솔직하게 서술한다. 이 책을 통해 돌봄에 대한 사회적 통념을 문제라고 생각해본(생각할) 사람들은 죄의식과 부채의식으로부터 다소나마 해방감을 느낄 수 있을 것이다.

작가는 여러 인터뷰에서 자신은 '구원 서사'를 믿지 않는다고 말하지만, 이 책에서 그는 헌사의 대상이기도 한 돌봄 제공자들에게 구원의 동아줄을 내려보낸다.

내가 이 상황에 대해 말하고자 하는 바는 이것이다.

이 일을 완벽하게 제대로 해내기란 불가능하다. (12쪽)

이 말만큼 돌봄 일을 하는 사람에게 위로가 되는 말이 또 있을까? 이 책은 위로에서 한 발 더 나아가 (항상은 아니더라도) '사랑'보다는 '의무' 때문에 돌봄을 수행하는 이들의 죄책감을 덜어준다.

내 삶이 좁아진 듯했다. 내 삶이 더 이상 내 것이 아닌 듯했다. 나는 내 삶의 일부를 포기했고, 그런 생각들을 했다. 꼭 해야만 하는 의무로 여겨지는 일을 하고 싶지 않은 나 같은 사람들이 흔히 하는 그런 생각들을. (69쪽)

나는 좋은 딸 역할을 연기했지만 거기에는 내 진심이 담겨 있지 않았고 대신 내 양심은 담겨 있었다. (130쪽)

아무래도 가족을 돌보는 일에 관한 글은(드라마나 영화도) 사실성을 추구하다가도 어느 순간 감상적이 된다. 하지만 작가 린 틸먼은 끈질기게 사실성을 추구한다. 그 결과 돌봄 경험을 하는(해본) 사람들에게 '내가 느꼈던 감정이 이런 것이었구나' '그런 생각을 하는 건 나만 이 아니구나'라고 생각하게 하며, 자신의 경험과 감정을 정직하게 마주할 수 있는 용기를 준다.

개인적으로 책 말미 "나는 어머니를 몰랐다"(247쪽)라는 문장의 여운이 길었다. 비슷한 소재 및 주제를 다룬 책들과 차별점을 확실하게 보여주는 표현이라고 생각했다. 모녀 간의 복잡한 역학관계를 다루거나 병에 걸리고 노쇠한 부모를 돌본 경험을 전하는 이야기들은 '이해'나 '화해'로 마무리되곤 했다(그 이해와 화해의 대상이 부모가 아닌 자기 자신일 수도 있다). 틸먼은 '죽음'에 대해 열심히 공부하고 조사했음에도 그에 대한 이해를 구하거나 그 두려움으로부터 벗어날 안식을 얻지 못했을뿐더러 어머니를 돌본 11년의 시간도 허무와 후회로 점철되었다고 말한다. 결국 어머니를 '이해'하지 못했다고 고백하기에 이른 것이다.

그런데 틸먼이 곳곳에서 '어머니가 싫었다'는 말을 한 것에 비춰보면, 실은 '어머니를 몰랐다'는 말은 작가의 의도된 표현이 아니었을까 싶기도 하다. 부모 돌봄이 '이해'나 '화해'로 마무리되지 않아도 괜찮다고 마지막으로 건네는 위로처럼 나에겐 느껴졌다. 작가는 아마도 어머니를 어느 정도는, 적어도 인간 대 인간으로, 여자 대 여자로는 이해했을 것이다. 그렇기에 어머니를 '존경했다'고도 말할 수 있었을 것이다. '머리'로는 이해할 수 있었지만, '마음'으로는 어머니를 끝내 이해할 수 없는 부분이 있었다. 어쩌면 작가는 이해하기를 거부한 게 아니었을까 하는 생각마저 든다.

작가 본인은 아니라고 할지 몰라도 린 틸먼의 글쓰기는 그의 어머니를 많이 닮은 듯하다. "어머니와 관련해서는 나는 죄책감을 느낀 적이 결코 없다. 내가 어머니에게 내주는 것은 어머니가 받을 자격이 있는 것보다 많았다. 아주 매정하게 들리겠지만 말이다."(130쪽) 작가가 쓴 이런 문장을 보면, 자기 딸을 상대로 경쟁심을 불태우면 안 된다고 나무라는 딸에게 자신은 경쟁심이 강한 사람이라며 물러서지 않았던 그의 어머니가 보이는 듯하다. 그의 어머니가 도전적인 표정을 지은 것과 달리, 린 틸먼은 무심한 표정으로 그저 한쪽 어깨를 으쓱했을 것 같지만.

이 책을 집어 든 당신이 "아직 부모를 돌봐야 하는 상황을 겪지 않은 자녀들, 그리고 아마 앞으로도 그럴 상황을 마주할 일이 없을 자녀들, 즉 행운아들"(11쪽)에 속하기를 진심으로 바라지만(그렇다 하더라도 이 책을 읽지 못할 이유는 없다), 만약 나처럼 그런 행운아들에

속하지 않는다면 이 책이 작가가 목표한 대로 "당신에게 도움이 되거나 정보를 제공하거나 위로를 건네거나 당신의 마음을 불편하게 만들지도 모르는 이야기"(12쪽)일 거라고 믿는다.

2023년 9월

방진이

이 책에 쏟아진 찬사

이 책은 의료 시스템에 대한 충분한 설명과 천천히 죽어가는 사람을 돌보는 역학에 대한 냉정한 초상화를 제공한다. 저자는 소설가이자 문화비평가로서 연마한 기술을 바탕으로 형식적으로 절제된 동시에 감정적으로 무게감 있는 이야기를 만들어낸다. 그 결과 우리 문화가 가족과 질병에 대해 이야기할 때 쉽게 범하는 감상으로 가득 찬 이야기에 거리를 둘 수 있었다. 틸먼은 가족의 절망과 좌절을 표현하고, 의료 체계의 어지러운 현실을 포착한다. 지금 이 시대에 시급히 필요한 책이다.

—메건 오로크(『보이지 않는 질병의 왕국』 저자), 『북포럼』

오직 린 틸먼만이 명확하게 이해할 수 없는 주제를 명확하게 이해할 수 있는 글로 쓸 수 있다. 이 책은 아픈 사람과 죽어감을 돌보는 일, 상실, 후회, 원한, 모순된 감정들을 다루고 있으며, 명료하고 아름답게 만들어진 산문으로 쓰였다. 그녀의 소설에서처럼 틸먼은 글쓰기를 통해 형언할 수 없는 것을 있는 그대로의 사실로 만든다. 그러한 틸먼의 글쓰기는 장르의 규칙에 저항하고, 다루는 주제가 어려움에도 불구하고 반박하기 불가능한 텍스트를 우리에게 제시한다. 이 책은 고통스러우면서도 재미있지만 결코 감상적이지 않은 독서의 즐거움을 선사한다. 이 점은 크나큰 성취이다.

—그레그 보르도위츠 (『남성성의 몇 가지 스타일』 저자)

노령의 어머니를 돌보며 보낸 10여 년에 대한 틸먼의 자전적 에세이는 감정적으로 절제되어 있어, 처음은 가장 어두운 농담처럼 느껴진다. 그러나 틸먼이 기록한 차갑고 냉혹한 사실들, 즉 분노, 짜증, 슬픔, 그리고 무엇보다도 우리 모두가 결국 겪게 될 인간성의 붕괴는 같은 상황에 처한 사람들에게 매우 현실적으로 읽힐 수 있다.

—『슬레이트』

꾸밈이 없고, 서늘하면서도, 때로 웃긴 자전적 에세이.

—북리스트

『어머니를 돌보다』는 의료 시스템과 가족의 구속, 돌봄의 복잡한 특성을 면밀하게 묘사한다. 틸먼의 글은 매우 인상적이다. 감정적이지 않고, 정직하며, 예리한 지성과 억누를 수 없는 재치로 가득하다. 깊은 울림을 주는 책.

—케이티 기타무라 (『친밀성』 저자)

심각한 질병과 그것이 사람들에게 미치는 영향에 대한 거침 없고 가슴 아픈 탐구.

—커커스 리뷰

사랑과 상실에 대한 틸먼의 솔직한 통찰은 매우 독창적이다.

—『퍼블리셔스 위클리』

『어머니를 돌보다』의 산문은 틸먼의 비평 및 소설과 일맥상통한다. 그녀의 문장은 단순하고 직설적인 진술들로 채워져 있고, 속도가 빠르다. 틸먼은 끊임없이 움직이며 마음이 방황하도록 내버려두고 이야기의 점을 무계획적으로 결합한다. 그녀가 돌봄의 복잡한 측면, 의사들의 실패, 죽음의 의례, 원한의 거미줄을 탐색할 때, 속도를 늦추고 더 오랫동안 하나의 주제에 집중하기를 바랄 수도 있다. 그러나 틸먼 글쓰기의 거리낌 없는 특징은 그녀의 가장 큰 강점이기도 하다. 틸먼은 돌봄 과정에서의 추함과 치욕을 그대로 보여주기 위해 아무리 불편하고 비참하더라도 해야 할 이야기를 한다.

—이저벨라 트림볼리, 『새터데이 페이퍼』

이 책의 상당 부분은 저자와 같은 돌봄 책임자가 의료 제도권에 맞서는 응전에 관한 이야기이다. 그리고 이야기의 중심에는 경쟁적이고 거리감이 있는 인물로 묘사됨에도 불구하고 작가가 치열하게 싸워야 했던 어머니와의 관계가 놓여 있다. 화해할 수 없는 단절에 대한 작가의 솔직함은 전율을 불러일으킨다.

—에마 앨펀, 『벌처』

린 틸먼의 서늘하고 매혹적인 자전적 에세이는 결말에 가서야 엄마와 딸의 친밀감을 보여준다. 그리고 인종과 계급이라는 더 큰 세계 안에서 펼쳐지는 문제를 조명한다.

—넬 페인터 (『올드 인 아트 스쿨: 다시 시작하는 회고록』 저자)

린 틸먼은 일인칭 시점을 잘 활용하는 뛰어난 스타일리스트이지만, 『어머니를 돌보다』만큼 내밀하고 솔직한 작품을 쓴 적은 없었다. 이 성찰적 에세이는 흉내 낼 수 없는 문장으로 감탄을 자아낸다. 그리고 '죽음'과 '엄마'라는 보편적이면서도 두렵고 경외감을 불러일으키며 밀접하게 연관된 주제를 대담하고 차분하게 관조한다.

—루시 아이브스 (『코스모고니』 저자)

『어머니를 돌보다』는 감상적이지 않고 현실적이며 분석적이다. 의사와 홈케어를 관리하게 되는 작가와 언니들의 힘든 일이 자세히 서술되고 있는 것도 매우 유용하다. 린 틸먼만이 쓸 수 있는 글이다.

—제러미 M. 데이비스, 『뉴욕타임스』

『어머니를 돌보다』는 우리 삶에서 사람들에게 빚지고 있거나 제공하고자 하는 의무 또는 양심에 대해 질문한다. 독자는 작가의 정직성을 지지하게 될 것이다. 이 점이 이 책을 기록이나 관찰지에서 예술작품으로 승화시킨다.

—데이비드 울린, 『로스앤젤레스 타임스』

가슴 아프면서도 분통 터지는 양가적인 이야기를 장인의 솜씨로 써내려간 작품. 돌봄에 관한 놀라운 이야기.

—얼리사 올트먼, 『보스턴 글로브』

이 책은 한 가족의 의학적 투쟁과 그들이 풀어놓은 뼈아픈 감정에 대해 인상적일 정도로 절제된 훌륭한 글쓰기를 보여준다. 틸먼의 목표는 도움이 되거나 유익하거나 위로가 되거나 또는 마음을 불편하게 할 수도 있는 '교훈적 이야기'를 들려주는 것이었다. 그녀는 모든 면에서 옳았다.

—마이클 매그러스, 『스타 트리뷴』(미니애폴리스)

틸먼이 처음에 표현했듯이 돌봄에 관한 각각의 이야기는 의료 조건, 지역, 보험, 예산, 연관된 사람들의 과거와 성향 등 세부적인 요소에 따라 정의될 것이다. 이 나라에서 돌봄에 대한 가족의 의무는 지극히 개인적인 것으로 남아 있다. 이 때문에 이러한 공동의 문제가 잘 논의되지 않는 것이다.

—애나 올트먼, 『뉴 리퍼블릭』

이 책의 훌륭한 장점은 돌봄과 사랑을 분리하거나 적어도 둘의 관계를 복잡하게 만들고 있다는 것인데, 이는 특히 여성에게는 급진적인 제안이다. 틸먼이 보여주듯이, 돌봄은 본질적으로 고결하고 신성시해야 할 행위가 아니며 때로 단순히 필수적인 행위일 뿐이다.

—케이트 울프, 『N+1』

틸먼은 감상에 젖지 않은 채 인간의 조건을 둘러싼 복잡성을 포착하고, 언제나처럼 우리의 가장 깊은 결점을 중요한 것으로 인식한다. 그녀는 까다롭고 어려운 부모를 사랑하고 그들과 함께 살아가는 것에 대해 매우 정직하게 이야기한다.

—애나 캐폴라, 『페이스』

린 틸먼은 미묘하고 예리한 인식 및 글쓰기 방식을 가지고 있다.

—앤 요더, 『밀리언스』, 올해 가장 기대되는 책

돌봄의 '힘든 의무'와 비효율적인 의료 시스템에 대한 글쓰기이자, 어렵고 까다로운 부모를 사랑하고 그들과 함께 살아가는 것에 대한 정직한 이야기. 이 책은 특히 돌봄 제공자가 그 어느 때보다 지쳐 있는 시대(또는 더 정확하게는 우리가 마침내 돌봄 제공자에게 주목하는 시대)에 적합하다고 생각된다.

—일라이자 스미스, 『문학 허브』, 올해 가장 기대되는 책

연민뿐 아니라 생명을 구하는 의료 지원이 필요한 병든 부모 돌보기에 대한 감동적이고 진심 어린 가이드. 현대 의학이 빠르게 발전하는 시대에 환자에 대한 옹호는 우리가 사랑하는 사람이 최상의 치료를 받을 수 있도록 하기 위해서만이 아니라 그들의 존엄을 존중하기 위해서라도 필수적이다.

—비제이 바드 박사 (『Back RX』의 저자, 뉴욕 특수수술병원 스포츠 의학 전문의)